KB043902

소심한 게 어때서

조금 이른 사춘기 6 자기긍정
소심한 게 어때서

초판 1쇄 인쇄 | 2021년 2월 1일
초판 1쇄 발행 | 2021년 2월 10일

지은이 | 류현순
그린이 | 김수경
펴낸이 | 나힘찬

기획총괄 | 김영주
디자인총괄 | 고문화
인쇄총괄 | 야진북스
유통총괄 | 북패스

펴낸 곳 | 풀빛미디어
등록 | 1998년 1월 12일 제2015-000135호
주소 | (04018) 서울시 마포구 월드컵로 65 양경회관 306호
전화 | 02-733-0210
팩스 | 02-6455-2026

이메일 | sightman@naver.com
블로그 | blog.naver.com/pulbitme
인스타그램 | @pulbitmedia_books
페이스북 | www.facebook.com/pulbitmedia

ISBN 978-89-6734-134-3 74800
ISBN 978-89-88135-77-8 (세트)

저작권법에 따라 보호받는 저작물이므로 무단 전재와 복제를 금합니다.
책값은 뒤표지에 있습니다.
파본은 구매하신 서점에서 바꾸어 드립니다.

어린이제품 안전특별법에 의한 기타표시사항
제품명 도서 | **제조자명** 풀빛미디어 | **제조년월** 2021년 2월 | **사용연령** 8세 이상 | **제조국명** 한국
주소 (04018) 서울특별시 마포구 월드컵로 65 (망원동) 양경회관 306호 | **전화번호** (02)733-0210

조금 이른 사춘기
자기 긍정
6

소심한 게 어때서

류현순 지음 | 김수경 그림

작가의 글

이 책을 읽는 어린이에게

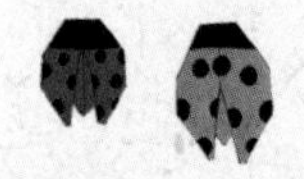

안녕하세요?

저는 어린 시절 유독 수줍음이 많았어요. 집에서는 장난꾸러기 막내딸이었지만, 학교만 가면 얌전한 소심쟁이가 되었거든요. 큰 교실에서 여러 명의 친구와 반나절 이상을 함께 보내는 학교생활은 긴장의 연속이었죠.

유독 부끄러움을 많이 타는 사람이 있답니다. 친구들 앞에서 이야기해야 할 때, 새 학기에 친구를 사귀어야 할 때, 사람들의 주목을 받아야 하는 상황은 수줍음이 많은 사람에게는 도망치고 싶은 순간이죠. 그러다 보니 자신의 수줍음이 부적절하다고 느끼기도 해요. 때로는 나와는 다르게 당당하고 활발한 친구가 부럽기도 하죠.

우리의 성향은 마치 무지개와 같아요. 하늘에 떠 있는 무지개를 보면 빨강, 주황, 노랑, 초록, 파랑, 남색, 보라가 어우러져 아름답죠. 한 가지 색으로만 된 무지개는 상상할 수가 없잖아요. 누군가는 무지개 색깔 중에 발랄한 노란색을 좋아한다면, 누군가는 차분한 남색이 좋다고 할 거예요. 우리의 타고난 성향도 색깔과 같아요. 누군가는 노란빛을, 누군가는 쪽빛을 타고 태어난 것이에요. 그 자체로 고유한 빛깔을 품고 태어난 것이죠.

누군가와 진솔한 대화를 나누다 보면, 그 사람만의 개성을 발견하게 되죠. 마치 어린 시절에 했던 보물찾기와 비슷해요. 보물은 전혀 예상하지 못한 곳에 숨어 있는 경우가 많잖아요. 우리의 개성도 그렇답니다. 자신의 개성이 너무 익숙해서 특별하다고 느껴지지 않을 수 있어요. 또는 개성의 한쪽 면만 보고서 단점이라고 오해하기도 해요.

소심한 자신의 마음을 잘 헤아려 보세요. 다른 사람보다 민감하게 느끼는 능력이죠. 남보다 조금 더 떨려도 괜찮아요. 그 특징은 분명히 다른 곳에서 더욱 사려 깊은 모습으로 드러날 테니까요. 자신의 고유한 성향을 이해하고 받아들일 때, 자신만의 색깔로 빛날 수 있어요.

이 책을 읽는 어린이가 자신의 색깔로 반짝반짝 빛나며 성장하길 응원할게요!

류현순 드림

목차

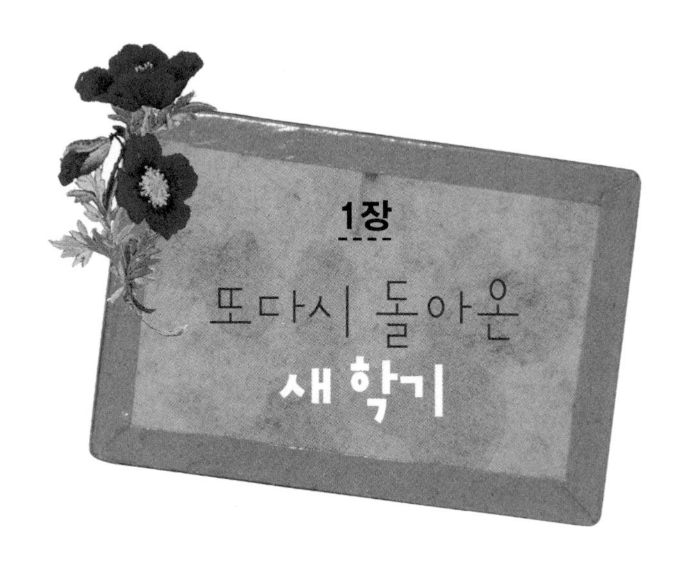

"서우야, 늦겠어. 이제 학교 가야지!"

"네, 엄마, 지금 다 했어요."

5학년 개학 첫날 아침이에요. 서우는 새 학기에 입으려고 산 빨간색 코트를 입고 거울 앞에 서 있어요. 서우는 가장 아끼는 머리띠를 몇 번이나 고쳐 써 봤지만, 마음에 들지 않았어요. 이마에 난 잔머리가 제멋대로 앞으로 삐져나와 있거든요.

"놀이터에서 채윤이랑 만나서 등교하기로 했잖아. 이제 가야 해."

서우는 잘 정돈되지 않는 앞머리가 어쩌나 신경이 쓰이는지,

꼭 그 앞머리 때문에 오늘따라 자신이 더 못생겨 보였어요.

"엄마, 다녀올게요."

서우의 친구 채윤이는 벌써 공원 앞에서 서우를 기다리며 손을 흔들고 있어요.

"서우야, 너 이번에 새 코트 산 거야? 빨간색 코트라니! 정말 예쁘다!"

"응, 주말에 엄마가 사 주셨어. 오늘 너야말로 더 예쁜걸."

"사실은…… 나도 오늘 새 학기니까 신경을 좀 썼지. 오늘 반에 가면 어떤 친구들이랑 같은 반이 되었는지 드디어 알 수 있겠다. 그렇지?"

4학년 내내 단짝이었던 채윤이는 서우와 달리 새로운 친구들을 만날 생각에 설레어 보였어요.

학교에 도착한 서우와 채윤이는 각자의 반으로 들어갔어요.

서우는 긴장된 마음으로 교실에 들어가면서 친구들의 얼굴을 살펴봤어요.

'혹시라도 아는 친구가 있으면 좋을 텐데.'

친구들이 벌써 삼삼오오 모여서 웃고 떠드는 분위기였어요.

남자아이들과 웃으며 이야기하는 건이의 모습도 보였죠. 건이는 4학년 내내 서우를 '소심쟁이 홍당무'라고 놀린 친구예요. 이번에 유일하게 같은 반이 되었죠.

건이는 활발하고 운동을 잘해요. 하지만 친구들과 자주 싸우기도 해요. 갑자기 화를 버럭 낼 때가 종종 있거든요.

자리에 앉은 서우는 긴장한 탓에 얼굴이 금세 빨개졌어요.

'다들 언제 저렇게 친해진 거야? 휴, 나만 아는 친구가 없는 건가?'

수업이 끝난 후, 서우는 채윤이의 반 앞에서 채윤이를 기다렸어요.

"내일 만나자, 민주야!"

"잘 가, 채윤아!"

채윤이는 친구들과 인사하고 교실 밖에 있는 서우에게 달려왔어요.

"서우야, 오늘 어땠어? 반에 아는 친구 있었어?"

새로운 친구들과 친해져서인지 채윤이의 표정은 밝고 신나 보였어요.

"아니, 건이 빼고는 아는 친구가 없었어. 오늘은 아직 말을 해 본 친구가 없어."

"오늘 첫날이라 그럴 수 있지 뭐. 원래 너는 친해지는 데 시간이 조금 걸리잖아."

"그렇긴 한데. 오늘 보니까 벌써 다들 조금씩 친해진 거 같았어. 나만 빼고."

"에이, 하루 만에 친해지는 친구가 어디 있어?"

"아까 너 보니까 벌써 친해진 거 같던데."

"아, 민주랑 예전에 같은 미술 학원 다녔었거든. 같은 반인 거 알고 깜짝 놀랐다니까. 반가워서 금방 친해졌어."

서우는 벌써 단짝이 생긴 채윤이가 부럽기도 했지만, 왠지 서운한 마음이 들었어요.

"내일 또 놀이터에서 아침에 만나!"

"그래. 채윤아, 내일 봐."

채윤이와 아파트 단지 앞에서 헤어지고 서우는 주머니에서 이어폰을 꺼냈어요. 5학년이 된 기념으로 아빠에게 스마트폰을 선물 받았거든요. 그래서 요즘 스마트폰으로 좋아하는 음악

듣는 데 푹 빠져 있어요.

"아이코!"

자전거를 타며 달리던 한 소년이 서우를 피하려다 자전거를 탄 채 넘어지고 말았어요.

넘어진 소년을 보고 서우는 놀라서 물었어요.

"어머! 괜찮니?"

소년은 고개를 들더니 서우의 얼굴을 물끄러미 바라봤어요. 이내 장난기 가득한 얼굴로 서우를 바라보며 빙긋 웃었어요.

"안녕, 난 진이야."

"어, 안녕. 너 괜찮아?"

"응, 난 괜찮아. 그런데 넌 이름이 뭐야?"

"내 이름? 내 이름은 서, 서우야."

서우는 얼굴이 빨개졌어요. 처음 보는 친구와 대화하는 게 어색했거든요.

"그런데 너 뭘 듣고 있어서 자전거가 달려오는 데도 몰랐어?"

"음악을 들으면서 다른 생각하느라 못 봤어. 정말 미안해."

"좀 놀라긴 했지만 내가 잘 피했지? 역시 자전거 타는 연습을 자주 한 보람이 있군, 크크."

서우는 진이가 조금 엉뚱하다는 생각이 들었어요. 그러고 보니 진이의 머리 모양은 무척 특이했어요. 진이의 자전거는 알록달록한 무지갯빛이었죠.

"그런데 서우야, 네 이어폰이 망가진 거 같은데, 어쩌니?"

그제야 서우는 땅에 떨어진 이어폰을 발견했어요. 서우는 몹시 속상했지만 아무렇지 않은 척 대답했어요.

"괜찮아. 네가 다친 데가 없어서 다행이지."

"응, 난 멀쩡해. 그런데 네 이어폰이 고장 나서 어쩌지. 이거

라도 써 볼래?"

진이는 작고 투명한 이어폰을 서우에게 내밀었어요.

"이건 내가 아끼는 이어폰인데, 네 이어폰을 고칠 때까지 너에게 빌려줄게."

"아니야, 아니야! 난 괜찮아."

"한번 써 보면 네 마음에 쏙 들 거야."

진이는 서우의 손에 이어폰을 쥐여 주었어요. 그리고 무지갯빛 자전거를 일으켜 세웠어요.

"그럼 다음에 만나자. 난 지금 가서 '마음 나라 연구소' 문을 열어야 해."

"진이야, 잠깐만!"

진이는 서우의 말이 끝나기도 전에 자전거를 타고 골목으로 사라져 버렸어요.

'진이는 좀 독특한 아이네. 근데 이건 어떻게 쓰라는 거지?'

콩알만 한 투명한 이어폰은 무선 기능이 되는 건지 선이 따로 없었어요. 아무리 봐도 사용법을 몰랐죠. 문득 서우는 자신의 얼굴이 달아올라 화끈거린다는 걸 알아챘어요.

'어휴, 창피해. 또 얼굴이 빨개졌어.'

서우는 이어폰을 코트 주머니에 넣고 집으로 향했어요.

집으로 돌아온 서우는 종일 긴장한 탓인지 몸이 나른했어요. 현관에 들어서자 거실 탁자에는 서우가 좋아하는 카스텔라와 우유가 쟁반 위에 놓여 있었어요.

평상시에 집에 와서 바로 하는 일이 간식을 챙겨 먹는 일이지만, 오늘은 별로 먹고 싶지 않았어요. 그냥 방으로 들어가 침대에 눕고 싶었죠. 다행히 학원에 가려면 아직 한 시간 여유가 있어요.

방으로 들어가면서 가방과 외투를 벗어 던지며 침대에 누웠어요. 그때 책상 위에 놓인 흰색 편지 봉투가 눈에 들어왔어요.

'아! 할아버지 편지가 도착했구나!'

서우는 벌떡 일어나서 편지 봉투를 집었어요. 일주일 전에 시골에 사시는 할아버지에게 편지를 보내고 답장을 많이 기다리고 있었거든요.

우리 강아지 서우에게

이제 곧 개학이구나. 건강히 잘 지내고 있지?

우리 서우가 벌써 5학년이라니 참 대견하구나.
서우가 색종이로 접어 보내 준 종이 잠자리를 보고 깜짝 놀랐단다. 그걸 어떻게 접었니? 나중에 시골에 오면 할아버지에게도 접는 방법을 알려 주렴.
서우가 보낸 종이 동물들을 하나하나 진열장에 올려 두고 보고 있단다.

서우는 지난주에 할아버지에게 보낸 편지에 종이 고추잠자리를 넣어 보냈어요. 고추잠자리는 날개 부분을 접는 게 좀 까다로웠죠. 그래서 세 번 정도 반복해서 접어야 했어요.

할아버지의 편지를 읽으면서 서우는 시골집과 할머니, 할아버지, 강아지 독구를 떠올렸어요. 빨리 여름방학이 되면 얼마나 좋을까 생각했어요. 서우는 편지를 꼭 껴안은 다음 침대 아래에 깊숙이 손을 넣어 상자를 꺼냈어요. 상자를 열자, 그 안에는 서우가 그동안 받은 편지와 쪽지가 한가득 들어 있어요. 특히 할아버지에게서 받은 흰색 봉투의 편지가 수북이 쌓여 있어요. 그리고 친구와 주고받은 사소한 쪽지, 크리스마스 카드, 유치원 때 친구에게 받은 그림 편지까지 들어 있어요.

이 상자는 서우가 소중하게 여기는 것 중 하나예요. 서우는 눈에 띄는 편지 몇 장을 다시 꺼내 보았어요.

편지들을 읽다 보니 옛날 추억이 떠올랐죠. 어느새 마음이 차분해지고 따뜻해졌어요.

기분이 한결 나아진 서우는 학원에 갈 준비를 하고 집을 나섰어요. 음악을 들으려고 주머니에서 이어폰을 찾았어요.

'맞다, 진이가 준 이 투명한 이어폰 도대체 어떻게 쓰는 거지?'

서우는 이어폰을 물끄러미 바라봤어요. 그러다가 다시 주머니에 넣었어요.

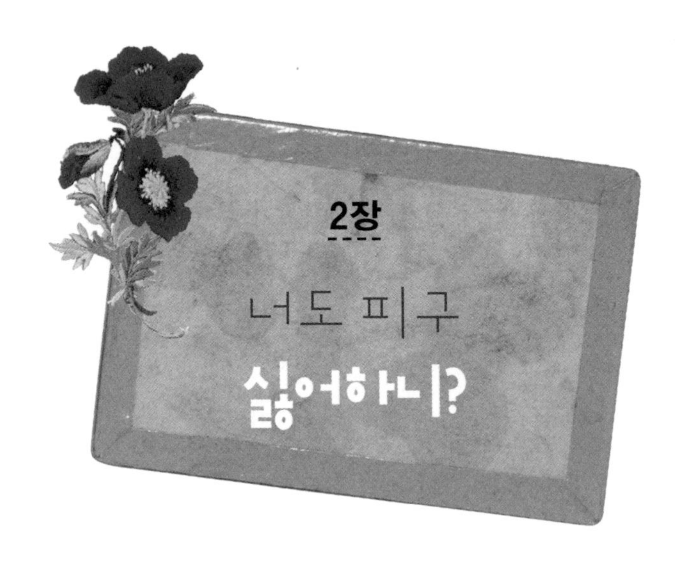

"자! 하나, 둘, 셋! 하나, 둘, 셋!"

"서우야, 동작이 너무 작아요. 크게, 크게 따라 해 봐요."

선생님의 지적을 들은 서우는 금세 얼굴이 빨개졌어요. 친구들과 선생님 앞에서 체조를 크게 하는 건 정말 창피한 일이거든요.

"오늘은 피구를 할 거예요. 짝수 번호, 홀수 번호. 각자 왼쪽, 오른쪽으로 편을 나누어서 서 보세요."

피구를 한다는 말에 서우는 가슴이 철렁했어요. 서우가 가장 싫어하는 체육 활동 중 하나가 피구예요. 사납고 빠르게 달려오는 공을 보면 피하거나 받을 새도 없이 그 자리에서 얼음이 되어 버리거든요.

"김민영! 도대체 뭘 고민하는 거야? 패스! 패스! 나한테 줘!"

건이는, 공을 잡고 누구에게 패스할지 고민하는 민영이에게 짜증스럽다는 듯이 소리쳤어요.

"김민영, 나한테 어서 패스하라니까!"

민영이는 내키지 않는 표정으로 건이에게 공을 패스했어요. 공을 받은 건이는 익살스러운 표정을 지으며 소리쳤어요.

"으하하, 받아라! 나의 최강 파워 슛!"

눈을 부리부리하게 뜬 건이는 오른손에 쥔 공을 한껏 뒤로 젖혀서 던지려고 해요. 그 순간 서우는 건이와 눈이 마주쳤어요.

"소심쟁이 홍당무! 내 슛을 받아라!"

자신을 향해 공을 던지려는 건이를 보고, 서우는 저도 모르게 두 손으로 얼굴을 감싸며 몸을 웅크렸어요. 다행히 공은 서우의 왼쪽 어깨를 살짝 스치고 지나갔어요.

상대편에서 아쉬워하는 탄성이 들려왔어요.

“아! 아깝다. 박서우 제대로 맞출 수 있었는데.”

건이는 아쉽다는 듯이 땅을 발로 찼어요.

서우는 아프지 않게 공을 맞았다는 안도감에 온몸에 힘이 풀렸어요. 하지만 놀란 마음은 아직도 쿵쾅거리고 있었죠. 창피해서 고개를 숙인 채 수비석 귀퉁이로 뛰쳐나갔어요.

“박서우, 그걸 못 피하냐.”

“아휴, 공을 그냥 맞고 서 있으면 어떡해.”

서우와 같은 편인 친구 몇 명이 나무라는 소리가 들렸어요. 서우는 애써 못 들은 척했지만, 얼굴이 화끈거렸어요.

“어휴, 그렇게 공을 맞고 서 있으면 어떡하니? 공을 잡아야지!”

같은 팀 수비석 중앙에 있는 한나가 서우를 향해서 꼬집어 말했어요.

서우는 무안했지만, 딱히 할 말이 생각나지 않아서 어색하게 웃었어요. 사실은 섭섭해서 눈물이 날 거 같았지만 가까스로 참으면서 말이에요.

“서우야, 괜찮아? 공이 빗나가서 정말 다행이야. 맞았으면 진짜 아팠을 거야.”

바로 옆에 나란히 수비로 서 있는 나연이가 서우에게 말을 걸었어요.

"응, 진짜 놀랐어."

의기소침해진 서우는 빨개진 얼굴로 작게 대답했어요. 금방이라도 눈물이 날 거 같았지만 겨우 참고 있었죠.

"건이는 무슨 공을 그렇게 세게 던지는지 몰라. 난 피구가 정말 싫어."

"나연이 너도? 나도 피구가 제일 싫어."

"그렇지? 왜 선 안에 우리를 넣어 두고 공으로 맞추는 시합을 하는지 모르겠어. 이게 뭐가 재미있지?"

"맞아. 나도 그렇게 생각해. 도대체가 뭐가 재미있는지 정말 모르겠어."

서우는 자신과 같이 피구를 싫어하는 나연이가 있다고 생각하니 마음이 한결 가벼워졌어요.

"짝수 팀, 지효 한 명 남았다!"

한나가 큰 목소리로 외치며 공을 호석이에게 패스했어요.

"신지효! 내 공을 받아라!"

호석이는 있는 힘을 다해 지효를 향해 공을 던졌죠.

짝수 팀인 지효는 홀수 팀의 맹렬한 공격에도 공을 날렵하게 피했어요. 공을 피하려고 한쪽 다리만 들고 쪼그리고 서 있는 모습이 우스꽝스러워서 여기저기서 웃음소리가 들렸어요.

"웃지 말라고. 이게 얼마나 힘든 줄 알, 어, 어, 아!"

지효는 숨을 헐떡이며 말하다 공에 맞았어요.

결국, 탈락해서 짝수 팀의 패배로 끝났지만 모두 지효에게 박수를 보냈어요.

"지효야, 진짜 잘 피했어. 너 피구 되게 잘하는구나."

한나는 상대 팀인 지효를 치켜세웠어요.

"너 정말 웃겼어. 한 마리의 학이 서 있는 거 같았어, 푸하하."

호석이도 지효 곁으로 가서 지효의 우스꽝스러웠던 자세를 흉내 내며 놀렸어요.

서우는 친구들과 깔깔거리며 웃고 있는 지효의 모습을 물끄러미 바라봤어요. 부러운 마음이 들었거든요.

종례시간이 되었어요.

"여러분, 5월에는 체육대회가 열려요. 체육대회에서 반별로 단체 공연이 있어요. 1등을 한 반은 상품이 있다고 해요. 우리 반이 1등을 하게 열심히 준비해 볼까요?"

"선생님, 최신 가요에 맞춰서 춤추는 건 어때요?"

"와, 재밌겠다."

"아이! 창피해요. 앞에서 춤을 추자고요? 선생님, 하고 싶은 사람만 하면 안 돼요?"

서우도 나연이의 마음과 같았어요.

반 친구들은 단체 공연을 어떻게 준비하면 좋을지 이야기하느라 떠들썩했어요.

"반별로 하는 단체전이라 우리 반도 모두 참여해야 해요. 그러면 요즘 유행하는 가요에 맞춰서 단체 율동을 하는 것으로 해요. 몇 명이 맡아서 안무를 짜 주면 좋겠다. 해 볼 사람 있어요?"

선생님의 말씀이 끝나기가 무섭게 한나와 호석이가 손을 번쩍 들었어요.

"역시 우리 반 체육대장들이 먼저 나서 주네. 두 명 정도 더 있어야겠는데……, 혹시 또 지원자가 있어요?"

"지효야! 우리 같이하자. 재미있을 거 같아. 응?"

한나는 지효에게 같이 하자고 졸랐어요.

지효가 망설이자 주변에 친구들이 지효를 추천했어요.

"맞아. 지효, 네가 하면 잘할 거야. 선생님, 신지효를 추천합니다."

"지효는 춤을 잘 추니까 하면 좋을 거 같아요."

망설이던 지효는 친구들의 추천에 못 이겨서 안무를 담당하기로 했어요.

"그럼 마지막 한 명은 누가 좋을까요?"

선생님의 물음에 아무도 손을 드는 사람이 없자, 호석이가 말했어요.

"선생님, 진솔이를 추천합니다."

진솔이는 고개를 절레절레 흔들었어요.

"진솔이도 한번 같이해 보는 게 어떨까?"

"맞아요, 진솔이 잘할 거예요."

한나가 진솔이를 적극적으로 추천했어요.

망설이던 진솔이도 결국에는 안무 준비를 함께하게 되었죠.

"그러면 다음 주 체육 시간까지 안무 준비팀에서 안무를 짜 와요. 조별로 나눠서 안무를 연습할 테니까."

'운동장 한복판에서 춤을 춰야 한다니. 생각만 해도 정말 창피한데, 하고 싶은 사람만 하면 안 되는 걸까.'

서우는 벌써 단체 공연을 준비할 생각에 걱정이 되었죠.

채윤이가 친구들과 방과 후 약속이 생겨서 서우는 혼자 집으로 향했어요. 체육대회 때 공연할 생각을 하니 마음이 답답해져서 음악이 듣고 싶었어요.

건널목에서 신호를 기다리며 주머니 깊숙이 손을 넣었어요. 작고 투명한 이어폰이 손에 잡혔어요.

'선이 없는 걸 보면 무선 이어폰인가?'

진이의 이어폰을 귀에 꽂고, 스마트폰 재생 버튼을 누르자 스마트폰 스피커에서 음악이 크게 퍼져 나왔어요. 깜짝 놀란 서우는 스마트폰 볼륨을 줄였어요.

'뭐야, 무선 이어폰이 아니네. 도대체 어떻게 쓰는 거지?'

그때 체육대회 안무 준비팀인 한나, 호석, 진솔, 지효가 건널목으로 함께 걸어왔어요. 서우는 건널목으로 다가오는 한나와 눈이 마주쳤어요.

그런데 갑자기 한나의 목소리가 크게 들렸어요.

'어? 서우잖아. 서우는 많이 소심한 거 같아. 피구 할 때 보니 그냥 공을 맞고 서 있던데. 단체 공연에서도 그러면 어떡하지? 걱정이야.'

서우는 얼굴이 금세 빨개졌어요. 자신을 나무라는 듯한 한나의 말에 잔뜩 주눅이 들었거든요. 그런데 생각해 보니 한나는 서우와 열 발자국은 넘게 떨어져 있었죠.

'방금 내가 들은 소리는 뭐지? 한나는 입을 다물고 있는데, 내가 누구 목소리를 들은 거지?'

"서우야, 집에 잘 가. 내일 봐."

진솔이가 서우에게 손을 흔들었어요.

진솔이와 눈이 마주치자 서우는 알겠다는 듯이 얼굴이 빨개진 채로 어색하게 웃었어요.

'서우랑 좀 친해지고 싶은데 도통 말이 없네. 서우는 친해지기가 참 어려워.'

생생하게 귀에서 들리는 진솔이의 목소리에 서우는 또 한 번 화들짝 놀랐어요. 그래서 진솔이가 있는 쪽을 바라봤지만, 진솔이는 이미 친구들과 뛰어서 건널목을 건너가고 있었어요.

'뭐지? 그 목소리는. 어디서 들린 거지?'

그 순간 서우는 귀에다 손을 가져갔어요.

'혹시 이어폰에서 들리는 걸까?'

서우는 실험해 보고 싶은 마음이 들었어요. 그래서 이어폰을 꽂고, 해피 분식으로 들어갔어요.

"아주머니! 떡볶이로 2인분 포장해 주세요. 1인분씩 따로 싸 주세요."

서우는 1인분을 더 포장해 달라고 했어요. 떡볶이를 좋아하는 엄마가 생각났거든요.

"오늘은 왜 혼자야? 짝꿍 채윤이랑 같이 안 왔어?"

"채윤이는 오늘 반 친구들이랑 강낭콩을 사러 가야 한다고 해서요. 같이 못 왔어요."

"그렇구나. 튀김 조금 넣었으니까 가서 떡볶이랑 같이 버무려서 먹어."

"고맙습니다."

쑥스러워서 얼굴이 빨개진 서우는 아주머니를 바라보며 인사했어요.

'우리 손녀도 지금 딱 서우만 하지. 우리 손녀가 보고 싶네.'

분명히 아주머니의 목소리였어요. 서우는 다시 뒤를 돌아보며 아주머니를 바라봤어요. 아주머니는 떡볶이 양념을 버무리고 있었어요.

'진이의 이어폰을 꽂고 상대를 보면 그 사람의 마음이 들리는 건가? 세상에, 이런 이어폰이 있다니 정말 신기한걸!'

서우의 심장이 빠르게 뛰었어요. 서우는 이어폰을 빼서 주머니에 얼른 넣었어요. 진이를 만나서 이어폰에 대해서 자세히 듣고 싶었죠. 하지만 진이를 도대체 어디서 만날 수 있을지 알 수가 없었어요.

3장

우리 같이 드래건 접어 볼래?

일요일 아침이에요. 엄마, 아빠는 아침부터 분주해요.

"서우야, 연희 이모 도착할 시간이 다 되었네."

부엌에서 요리에 열중인 엄마의 목소리가 들렸어요.

서우는 설레는 마음으로 현관문을 살짝 열어 두었어요.

오늘은 연희 이모가 오기로 한 날이에요. 연희 이모는 지금 미국 샌프란시스코에서 살아요. 엄마의 초등학교 동창이에요.

서우가 초등학교 들어가기 전까지는 이모네 가족과 자주 만났어요. 이모에게는 서우와 동갑인 아들 승민이가 있어요. 유치원 다닐 때 서우와 승민이는 매주 만나서 놀이터에서 놀았어요. 하지만 4년 전 이모네 가족이 미국으로 이민을 간 뒤로 승민이와 이모를 오랫동안 만나지 못했어요.

"여보, 식탁 의자가 하나 모자라네요. 어떡하지?"

"안방에 화장대 의자 꺼내 와요."

아빠는 집 안 곳곳 청소기를 돌리느라 바빴어요. 엄마는 오전 내내 음식을 준비하느라 몇 시간째 주방에 서 있고요. 오늘의 메뉴는 오랜만에 한식을 먹을 이모네 가족을 생각해서 갈비찜과 잡채라고 해요. 달콤한 갈비찜 양념 냄새가 집 안에 온통 가득했어요.

"우리 왔어. 잘 지냈어?"

문이 열리면서 연희 이모의 얼굴이 보였어요.

"어머! 연희야!"

엄마가 앞치마 차림으로 현관으로 달려가서 연희 이모를 안았어요.

서우는 연희 이모가 무척 반가웠지만, 막상 오랜만에 만나니 어색해서 얼굴이 빨개진 채로 수줍게 인사했어요.

"어머, 우리 서우 언제 이렇게 컸어? 숙녀가 다 되었네."

이모 뒤로는 키가 훌쩍 큰 승민이가 보였어요. 서우는 오랜만에 보는 승민이가 반가웠어요. 하지만 유치원 때의 모습과는 다르게 덩치가 커진 승민이를 보고 있자니 낯설기만 했어요.

연희 이모네 가족과 함께 둘러앉아 맛있게 점심을 먹었어요.

연희 이모와 엄마는 어릴 적 이야기를 한창 했어요. 서우는 엄마의 어린 시절 이야기를 듣는 게 무척 흥미로웠어요.

"서우야, 너희 엄마가 얼마나 소심했는지 모르지? 너희 엄마 예전에 초등학교 음악 시간 때……."

"그 이야기는 이제 그만할 때도 되었잖아."

엄마는 쑥스럽다는 듯이 이모의 말을 막았어요. 하지만 이모는 아랑곳하지 않고 엄마를 놀리며 이야기를 이어갔어요.

"초등학교 때 이모가 엄마랑 같은 반이었어. 그때 동요 부르는 수행평가가 있었어. 엄마가 너무 작게 불러서 선생님이 좀 크게 부르라고 했었는데, 그게 서러웠는지 앞에서 울어 버렸어. 자꾸 울어서 결국에는 선생님이 들어가라고 했다니까. 하하. 너도 기억나지?"

"그걸 어떻게 잊어. 애들이 다 보는데 앞에서 노래 부르는 게 그땐 얼마나 창피했다고. 오죽하면 짝꿍이 음악 시간마다

내 얼굴에 귀를 대고는 '너 입만 뻥긋거리는 거지?'라고 했다니까."

엄마와 이모는 서로를 보면서 웃었어요.

서우는 엄마의 말에 깜짝 놀랐어요. 엄마는 프리랜서로 일하는 상담심리사예요. 그래서 종종 대학교에 가서 대학생 언니, 오빠를 대상으로 강의를 하는데, 그런 엄마가 어릴 때 앞에서 노래 부르는 게 창피해서 울었다는 게 믿기지 않았어요.

어른들이 커피를 마시며 이야기를 나누는 동안 서우는 방으로 들어왔어요.

"나 들어가도 돼?"

승민이가 문 안으로 고개를 내밀었어요. 서우는 어색했지만, 승민이가 먼저 말 걸어 준 것이 고마웠어요.

"응, 들어와. 우리 같이 놀자."

승민이는 서우의 방을 천천히 구경하다 책꽂이 두 칸을 가득 채운 종이로 접은 동물들을 흥미롭게 바라봤어요.

"우와! 이거 네가 다 만든 거야?"

"응, 종이로 동물 접는 거 재미있거든. 하다 보니까 이렇게 많아졌어."

"우와. 이 드래건도 네가 접은 거야? 정말 멋지다!"

"그 드래건은 며칠 전에 접은 건데, 어려워서 접느라 좀 고생했어."

감탄하며 종이접기 동물을 바라보는 승민이를 보면서 서우는 내심 뿌듯했어요. 서우는 망설이다 용기 내어서 승민이에게 말했어요.

"승민아, 내가 가르쳐 줄게. 너도 한번 해 볼래?"

"정말? 그럼 드래건 접는 방법 가르쳐 줘."

"초보한테 좀 어려울 텐데. 그래도 한번 해 보자."

서우는 승민이에게 드래건 접기를 알려 주었어요. 서우가 먼저 색종이를 반으로 접으면, 승민이가 따라서 색종이를 반으로 접었죠. 승민이는 서우를 곧잘 따라 했어요.

"잠깐만, 여기는 이렇게 밖으로 접는 거야. 그다음에 다시 안으로 넣으면 뾰족한 모양이 나와."

서우는 승민이가 어려워하는 부분에서는 멈춰서 천천히 다시 설명해 주었어요.

"신기하다. 진짜 드래건이 되었네. 종이접기 재미있는걸!"

“너 처음 접는 것치고는 잘했어.”

사실 서우가 보기에 승민이가 만든 드래건은 좀 엉성했어요. 종이를 틈이 생기지 않게 꼼꼼히 접어야 하는데 그게 서툴렀기 때문이죠. 서우가 만든 입체감이 잘 살아 있는 드래건과는 확실히 차이가 있었어요.

하지만 처음 드래건을 만든 승민이는 아주 만족했어요.

“엄마, 이것 봐요. 신기하죠? 드래건이에요!”

“어머. 색종이로 드래건을 접었구나. 그래서 둘이 그렇게 조용히 방 안에서 놀았구나. 이거 어떻게 접은 거야?”

“서우가 알려 줬어요.”

서우는 쑥스러워 얼굴이 빨개졌어요. 마음은 무척 뿌듯했죠. 승민이와 조금 친해진 기분인데, 다시 오랫동안 못 본다 생각하니 서운했어요.

연희 이모네 가족이 돌아가고, 서우는 할아버지에게 편지를 보내려고 우체통이 있는 집 근처 공원으로 향해 걸었어요. 승민이와 함께 접은 종이 드래건을 편지에 넣었죠.

‘할아버지가 종이 드래건을 보시면 깜짝 놀라실 거야.’

서우는 할아버지가 드래건을 보고 깜짝 놀라는 모습을 상상했어요. 생각만으로도 뿌듯했어요.

공원 우체통에 편지를 넣고 집으로 돌아가려는데, 그네에 앉아 있는 진이가 보였어요.

"진이야, 진이야!"

서우는 반가운 마음에 진이를 향해 달려갔어요.

"서우야, 잘 지냈어?"

"응, 너 여기 있었구나. 널 얼마나 찾았는데!"

서우는 진이가 너무 반가워서 자신도 모르게 크게 소리치며 진이에게 달려온 걸 그제야 깨달았죠. 그리고 금세 얼굴이 빨개졌어요.

"나 그네 타러 가끔 이 공원에 와. 그네를 타면 기분이 좋아지거든. 근데 왜 나를 만나고 싶었어? 혹시 내 이어폰 때문이니?"

서우는 진이에게 말하기가 망설여졌어요. 자신의 이야기가 이상하게 들릴까 봐 걱정되었거든요.

"어. 그 이어폰 말이야! 그게, 그게…… 이상하게 들릴 수도 있는데…… 이어폰에서 다른 사람 목소리가 들려!"

Owl

"하하하. 하나도 안 이상해. 내 이어폰은 마음의 소리가 들리는 이어폰이거든."

"마음의 소리가 들리는 이어폰?"

"응, 네 마음에 들 줄 알았는데."

"마음에 안 들었다기보다는 너무 놀라서……."

"서우야, 시간이 있으면 나랑 같이 마음 나라 연구소에 함께 가 볼래? 내 비밀 작업실인데 특별히 너는 구경하게 해 줄게."

서우는 진이를 따라서 10분 정도 걸었어요. 공원을 가로질러 가로수가 길게 늘어진 길을 지났어요. 늘 지나가던 길이었는데 뭔가 낯설게 느껴졌죠.

'이런 길이 있었던가?'

길 끝에 작은 통나무집이 보였어요. 나무를 파서 세긴 간판에는 '마음 나라 연구소'라고 적혀 있었어요.

"들어와, 여기는 내 작업실 마음 나라 연구소야."

진이의 작업실에 들어서자 벽면을 둘러싼 진열장에 신기한 물건이 빼곡히 차 있었어요.

"우와! 이게 다 뭐야? 안경, 장갑…… 이건 앞치마인가? 어? 이건 슬리퍼, 모자, 망원경…… 응? 이건 뭐지?"

"그건 재봉틀이야."

"옷을 만드는 재봉틀?"

"사람의 마음을 이해할 수 있는 옷을 지으려고 연구 중이거든."

"그런 게 가능해?"

"물론이지. 그런데 상당히 어려워. 사실은 완성되려면 얼마나 걸릴지 모르겠어."

서우는 주의 깊게 진이의 작업실을 구경했어요.

"나는 마음을 연구하는 다양한 장치를 개발하고 있어."

진이는 자랑스럽다는 듯이 말했어요.

"그럼 이 이어폰도 네가 만든 거야?"

"물론이지! 그거 써 보니까 어때?"

진이는 반짝이는 눈으로 서우의 대답을 기다렸어요.

"정말 깜짝 놀랐어. 그리고 좀 무서워서 한 번 쓰고는 안 썼어."

"뭐? 무섭다고? 음, 혹시 이상한 소리라도 들렸어?"

"그런 건 아니야. 다른 사람의 마음을 듣는다는 게 흥미롭기도 하지만, 겁이 나기도 해."

진이는 곰곰이 생각에 잠긴 표정으로 진지하게 물었어요.

"다른 사람의 마음을 듣는 게 왜 겁이 나?"

"혹시 듣고 싶지 않은 말을 들어서 상처를 받으면 어떡해."

"그건 내가 발명하면서 미처 생각하지 못한 부분인데 나중에 참고해야겠어. 넌 참 세심하구나. 그러면 이어폰 돌려줄래?"

진이의 말에 서우는 이어폰을 쥐고 망설였어요.

"내가 정말 네 이어폰을 사용해도 괜찮을까? 사실은 나도 친구들의 마음이 궁금하긴 해. 이번에 5학년이 되었는데 아직도 친구들이랑 친해지지 못했거든. 아니, 나연이랑 조금 친해지긴 했어. 네 이어폰으로 친구들의 마음을 들어 보고 싶기는 한데…… 그래도 될까?"

"물론이지. 이어폰을 좀 더 쓰고 돌려줘."

"그런데 네 이어폰 사용 설명서는 없어?"

"사용법은 아주 간단해. 이어폰을 귀에 꽂고, 상대를 바라보면 상대의 마음이 들려. 그리고 잠시 꺼 두고 싶으면 톡톡 두드리면 돼. 다시 켜고 싶으면 또 톡톡 두드리면 되지. 쉽지?"

"정말 간단하네."

"친구의 마음이 궁금할 때만 써 봐."

“알았어. 그리고 이어폰으로 들은 친구의 마음속 이야기는 아무에게도 말하지 않을게.”

“내가 당부하고 싶었던 말이야. 그 약속만 잘 지켜 주면 돼.”

서우는 ‘마음 나라 연구소’에서 진이의 이어폰을 꼭 쥐고 나왔어요. 그리고 두근대는 마음을 안고 집으로 향했어요.

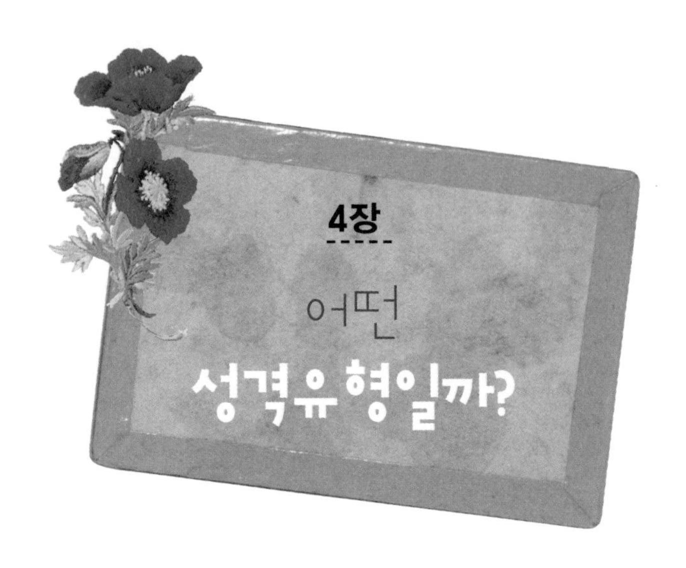

서우는 아침에 교실에 들어가면서 이어폰을 귀에 꽂았어요. 친구들의 속마음을 들을 생각에 설레기도 했지만 두렵기도 했죠.

"여러분, 오늘 수업 시간에는 나의 성격을 알아보는 심리검사를 해 볼 거예요."

심리검사를 하고 선생님이 채점 방법을 알려 주어 각자 채점했어요.

"여러분, 검사 결과는 주도형, 사교형, 안정형, 신중형으로 크게 네 가지 유형으로 나뉘어요. 각자 유형별로 모여서 앉아 봐요."

서우는 안정형 점수가 가장 높게 나왔어요. 안정형 조에는 나연, 예린이가 있었어요.

"나연아, 너도 안정형이야?"

"응, 서우 너도 안정형이네. 나 네 옆에 앉아도 돼?"

"응, 그래."

서우는 나연이와 앞으로 친해질 것 같은 기분이 들어서 기뻤어요.

"각자의 성격유형별로 공통점을 찾을 거예요. 우리 조를 나타내는 별칭을 정하고, 왜 그 별칭을 정했는지 이야기해 보세요."

선생님이 조별 과제를 내주었어요.

"서우야, 네가 서기 할래?"

예린이가 서우에게 사인펜을 건네며 말했어요.

"맞아. 서우 글씨 예쁘더라."

나연이도 거들었어요.

"내가?"

서우는 글씨가 예쁘다는 칭찬이 기분 좋았지만, 갑자기 친구들의 주목을 받는 상황이 쑥스러워서 금세 얼굴이 빨개졌어요.

안정형 조에서는 아무도 선뜻 말을 꺼내는 사람이 없었어요.
한참 침묵이 흐르자 예린이가 먼저 말을 꺼냈어요.
"일단 우리 성격의 장단점부터 말해 볼까?"
"그래, 뭐가 있을까……."
다들 무슨 공통점이 있을까 고민하는 듯 보였지만, 먼저 말을 꺼내는 사람이 없었어요.
반면에 옆에서 토론 중인 주도형 조는 왁자지껄 시끄러웠죠. 특히 주도형 조에 앉아 있는 건이의 목소리가 가장 우렁차게 들렸어요.
"나는 축구, 피구, 운동은 다 좋아!"
한나도 이어서 말했어요.
"맞아. 나도 스포츠는 다 좋아. 운동이나 게임은 결과가 명확하게 나오니까 재미있어."
주도형 조는 서로 자신의 이야기를 하느라 분주했어요.
한참 조용하던 안정형 조에서 예린이가 다시 침묵을 깨고 말했어요.
"지금 보니까, 우리는 다들 좀 차분한 사람끼리 모인 것 같기도 해."

"그러게. 다들 그래서인지 말이 없는 건가?"

나연이가 대답했어요. 서우는 묵묵히 친구들의 의견을 들으며 열심히 받아 적었어요.

"자, 이제 토의를 마무리하고 조별로 발표하는 시간을 가져 보죠. 먼저 발표할 조!"

주도형 조에 앉아 있는 한나가 먼저 손을 번쩍 들었어요.

"선생님, 선생님! 저희 조부터 할게요!"

"그래요. 역시 주도형이라서 그런지 발표도 주도적으로 가장 먼저 하네요."

선생님 말씀에 모두 웃음을 터트렸어요.

한나는 성큼성큼 자신 있게 교탁 앞으로 나왔어요. 그리고 활기차게 발표했어요.

"저희 조 이름은 '로켓'입니다. 로켓이 빠른 속도로 우주까지 날아가는 것처럼 저희 조원들 모두가 적극적이고 힘이 넘치기 때문입니다."

"맞아. 한나가 로켓급으로 성격이 급하긴 하지, 크크."

"푸흡, 진짜 잘 어울리는 별칭이야!"

로켓이라는 별칭이 발표하는 한나와 잘 어울려서인지 여기저기서 웃음소리가 들렸어요.

"그래서 저희는 어떤 일을 하든 먼저 나서서 하는 편이에요. 그러다 보니 일을 많이 벌이기도 하고, 이런저런 일을 많이 맡기도 하지요. 이왕에 해야 할 일이라면 적극적으로 해야 한다고 생각해요. 그래서 하늘을 뚫고 우주로 날아가는 로켓과 같은 추진력이 있습니다!"

"첫 조가 발표를 재미있게 잘했죠? 한나야, 수고했어."

선생님은 한나를 칭찬해 주셨어요.

자리로 돌아가는 한나를 보며 서우는 이어폰을 톡톡 두드렸어요. 피구 시합 이후로 한나가 자신을 못마땅하게 여기는 거 같아서 신경이 쓰였어요. 그래서 한나의 속마음이 무척 궁금했거든요.

'애들이 재미있어하니 신나는걸. 어휴, 손에 땀이 좀 났네. 그래도 긴장한 티는 안 나서 다행이야. 역시 발표는 제일 먼저 하는 게 마음 편하다니까.'

한나는 손을 비비며 자리에 앉았어요. 서우는 한나의 속마음을 듣고 놀랐어요. 한나는 긴장한 기색이 없었거든요. 그저 신나서 발표하는 것처럼 보였으니까요.

“그럼 다음 발표는 어느 조에서 해 볼래요?”

“선생님, 신중형 조가 발표하겠습니다.”

신중형 조의 발표자로 진솔이가 앞으로 나왔어요.

“저희 조의 이름은 ‘시계’입니다. 무엇을 하든지 시간이 좀 걸리는 편이기 때문입니다. 말 그대로 신중하기 때문이죠.”

“에잇, 뭐야.”

“야, 난 잘 모르겠는데?”

신중하다는 단어가 나오자 몇몇 친구가 인정할 수 없다는 듯이 놀렸어요. 하지만 진솔이는 개의치 않고 발표를 이어갔어요. 다시 친구들은 진솔이의 이야기에 집중했어요.

“그래서 저희는 믿음직스럽다는 말을 많이 듣습니다. 그리고 우리 조원 모두가 시간 약속을 잘 지키는 걸 중요하게 생각합니다. 그래서 시계라고 지었습니다.”

서우는 진솔이의 얼굴을 보며 이어폰을 톡톡 두드렸어요.

‘뭐 빼먹은 건 없겠지? 아, 맞다! 아까 화성이가 말한 걸 빠뜨렸구나.’

“발표 잘했어요. 다음 발표는 어느 조가 해 볼래요?”

"선생님, 의견 하나 빼먹었어요. 마저 이야기해도 될까요?"

"진솔이, 마저 얘기하렴."

"그리고 신중형 조는 완벽함을 추구합니다. 그래서 시간이 더 걸리기도 하죠. 저희는 실수하는 걸 별로 좋아하지 않는 특징이 있습니다. 이상입니다."

"진솔이가 신중형 조의 특징을 잘 말해 줬어요. 다음은 어느 조가 발표해 볼까요?"

"선생님, 저희 사교형 조가 발표하고 싶어요!"

사교형 조에는 지효, 호석, 병현이가 앉아 있었어요. 발표자로는 호석이가 나왔어요.

"저희 사교형 조는 '롤러코스터'라고 별칭을 지어 봤습니다. 저희는 무엇보다 친구들과 재미있게 지내는 것이 중요합니다. 그래서 어디에서든 잘 적응하고 친구를 쉽게 사귀는 편이죠. 다들 놀이동산을 좋아하는 것처럼 저희가 있는 곳에는 친구들이 모이죠."

"누가 모인다는 거야?"

"풉, 호석이 너 재미 하나도 없는데 무슨 말이야?"

한나와 건이가 호석이를 놀렸어요. 하지만 호석이는 아랑곳

하지 않고 큰 소리로 말했어요.

"그래서 저희는 빠져나올 수 없는 매력의 롤러코스터예요, 슝슝!"

호석이는 자신의 말이 재미있다는 듯이 발표를 마무리하며 큰 소리로 웃었어요. 하지만 친구들의 반응은 생각보다 조용했어요. 그래서인지 호석이의 표정이 조금 어두워졌어요.

서우는 호석이를 바라보며 이어폰을 톡톡 두드렸어요.

'내 발표가 재미없나? 아까 한나가 발표할 때는 다들 웃었는데. 뭐야, 왜 다들 반응이 없지?'

큰 웃음소리와 달리 시무룩한 호석이의 속마음이 들렸어요.

"이제 안정형 조만 남았네."

선생님 말씀에, 서우가 속한 안정형 조에서는 예린이가 자리에서 일어나 앞으로 나갔어요.

"저희 조는 '안전벨트'라고 조의 별칭을 지었습니다. 저희는 편안하고 익숙한 걸 좋아하기 때문입니다. 새로운 상황에 적응하는 데 시간이 오래 걸려요. 하지만 상황이 익숙해지면 훨씬 더 편안하게 잘 지내는 편입니다. 그리고 싸우는 걸 싫어해서 싸우지 않고 사이좋게 지내려고 노력해요. 사이좋게 지내자,

얘들아.”

예린이는 수줍게 웃으며 발표를 마무리했어요.

서우는 예린이를 바라보며 이어폰을 톡톡 두드렸어요.

‘어휴 떨려. 그래도 실수하지 않고 발표를 잘 마쳐서 다행이야. 발표하는 게 떨리기는 해도 은근히 재미있단 말이야. 반 아이들이 내 발표를 재미있어하면 좋을 텐데.’

서우는 예린이가 자신과 비슷하게 수줍음이 많은 친구라고만 생각했는데, 발표를 즐거워한다는 사실에 의아했어요.

수업이 끝났어요.

‘다들 겉으로 보이는 모습이 전부가 아니구나. 내가 몰랐던 친구들의 속마음을 듣는 건 생각보다 더 재미있는 일인걸.’

서우는 진이의 이어폰을 만지작거리며 생각했어요.

"자, 오늘 체육 시간에는 단체 공연 안무를 맞춰 볼 거예요. 안무 준비팀이 나와서 친구들에게 안무를 보여 주세요."

안무를 준비해 온 한나, 호석, 지효, 진솔이가 앞에서 안무 시범을 보였어요. 준비한 안무가 끝나자 한나가 말했어요.

"오늘 우리가 짜 온 안무를 다 같이 연습할 거야. 일단 네 팀으로 나누자. 그리고 마지막에 다 같이 맞춰 보기로 했어."

반 친구들은 한나의 말에 따라서 네 팀으로 나뉘었어요.

서우는 나연, 예린, 건이, 화성이와 같은 조가 되었어요. 그리고 안무 담당 조장은 한나로 배정되었어요.

'왜 하필 우리 조 조장이 한나인 거야. 그리고 건이도 있잖아. 아휴, 이번 체육대회 공연 준비는 험난하겠다.'

서우는 건이도 불편했지만, 한나와 같은 조라는 사실이 더욱 걱정되었어요. 피구 시합 이후로 한나가 계속 불편했거든요. 그래서 걱정스러운 마음으로 한나를 바라보면서 이어폰을 두드렸어요.

'어? 우리 조에 서우도 있잖아. 서우는 소심해서 춤을 잘 따라 할지 모르겠네.'

한나의 속마음을 듣고 서우의 얼굴이 빨개졌어요.

'역시 한나는 나를 별로 좋아하지 않는 게 분명해. 되도록 한나를 쳐다보지 말아야겠어. 또 무슨 소리가 들릴지 모르잖아.'

음악이 나오자 한나가 앞에서 동작을 하나하나 알려 줬어요.

"예린아, 그렇게 크게 원을 그리면서 동작하니까 앞에서 보기에 훨씬 예쁘다. 너 춤에 소질이 있는데."

"진짜? 나 잘하는 거 같아?"

"응, 아주아주 좋아."

한나가 서우에게 다가왔어요. 서우는 한나가 다가오는 게 느껴지자 얼굴이 달아오르면서 심장이 빠르게 뛰었어요.

"서우야, 팔로 원을 좀 더 크게 그려 봐. 너무 작게 하면 앞에서는 안 보여."

서우는 한나가 유독 자신에게 퉁명스러워서 속상했어요.

"왜 자꾸 작게 동작을 하는 거야? 서우야, 너무 성의 없게 하는 거 아니야?"

"미안해. 나도 크게 하려고 하는데 잘 안 돼서."

"박서우! 소심쟁이 홍당무! 너 지금 얼굴 진짜 빨갛다, 크크."

건이는 서우의 달아오른 얼굴이 재미있다는 듯이 놀렸어요.

"휴, 이렇게 쉬운 동작을 못 하면 어떡해? 좀 크게, 크게 하자."

'서우는 정말 답답해. 왜 이 동작을 못 하는 거지? 도대체 체육대회에서 우승할 생각이 있긴 한 거야?'

서우는 한나의 속마음이 들리자, 금방이라도 눈물이 날 거 같았어요. 그래서 안무를 연습하는 내내 최대한 한나와 눈을 마주치지 않으려고 애썼어요.

"김건, 장난치지 말고 제대로 따라 해 봐!"

"뭐야! 난 이 안무 마음에 안 들어. 이거 네가 만든 거야? 진짜 유치해서 못 하겠어."

"네가 마음에 안 들어도 어쩔 수 없어. 다 같이 하는 거잖아."

"몰라. 난 내 식대로 할 거야."

건이는 툴툴거리며 제멋대로 안무를 바꿨어요. 한나는 포기했다는 듯이 건이를 째려보며 한숨을 크게 내쉬었어요.

그때 다른 조 조장을 맡은 지효가 한나에게 다가왔어요.

"한나야, 너희 조는 잘되어 가? 한번 구경하러 왔어."

"김건이 우리가 만든 안무가 마음에 안 든대."

지효는 건이가 춤추는 모습을 바라봤어요. 갑자기 건이의 얼굴이 붉으락푸르락 해졌어요. 서우는 너무 빨개진 건이의 얼굴을 보고 있자니 통쾌한 마음이 들었어요.

'뭐야, 나보다 더 얼굴이 빨개지면서 나를 홍당무라고 놀리는 거야? 근데 건이는 왜 저렇게 얼굴이 빨개진 거지?'

그러고 보니 서우는 건이의 얼굴이 이렇게까지 빨개진 건 처음 봤거든요.

'장한나, 감히 지효 앞에서 내 흉을 보다니, 지효는 갑자기 여기 왜 온 거지? 어휴! 깜짝이야. 놀랐잖아.'

건이는 지효 앞에서 몹시 부끄러워하고 있었어요.

'혹시 건이가 지효를 좋아하는 거야?'

얼굴이 시뻘겋게 달아오른 건이는 자신을 바라보고 있는 서우와 눈이 마주쳤어요. 숨기고 싶은 마음이 들킨 사람처럼 건이는 서우에게 눈을 부릅뜨고는 자리를 박차고 떠나 버렸어요.

"야, 김건! 너 어디 가?"

한나는 당황하며 건이를 향해 소리쳤어요.

"남이야 어딜 가든 말든! 화장실도 못 가냐!"

하기 싫어!
다음엔 내가
리더 할 거야
즐기면 돼!
에잇!
더
이상하게!

한나는 어설프게 춤을 열심히 따라 하는 화성이에게 다가갔어요.

"하하하, 화성아, 너 로봇 같아."

"난 원래 몸치야. 이게 정말 최선이라고."

"그래, 몸치인 네가 최선을 다하는 거 같아 보인다, 정말."

서우는 안무에 맞춰서 열심히 춤을 추는 친구들을 둘러보며 생각했어요.

'나만 왜 이렇게 못하는 거지? 다들 잘하는데. 난 정말 모두가 보는 앞에서 춤을 추는 게 창피해.'

서우는 다른 친구들이 어떤 마음으로 춤을 추는지 궁금했어요. 그래서 이어폰을 두드리며 한 명씩 바라봤죠.

나연이의 목소리가 들렸어요.

'으아, 이런 단체 공연은 정말 싫어. 그래도 다 같이 하는 거니까 어쩌겠어. 체육대회가 빨리 끝났으면 좋겠다.'

예린이의 목소리가 들렸어요.

'춤추는 거 생각보다 재미있어. 나도 6학년 때는 내가 짠 안무를 앞에서 가르쳐 주고 싶어.'

툴툴거리는 건이의 목소리가 들렸어요.

'장한나, 자기가 뭔데 이래라저래라 명령하는 거야? 정말 꼴불견이야. 더 이상하게 해 버려야지.'

화성이의 목소리가 들렸어요.

'난 진짜 몸치구나. 그래도 음악이 나오니까 신나는걸. 리듬에 몸을 맡기는 거지, 뭐. 즐기면 되는 거야!'

같은 춤을 추면서도 친구들의 마음은 각양각색이었죠. 서우는 유독 자신만 다를거라고 생각했는데, 모두가 다르다고 생각하니 한결 마음이 편해졌어요.

6장 화난 게 아니라 속상한 거예요

오늘은 특별활동 시간에 보드게임을 하는 날이에요.

옆 조에서 보드게임을 하던 건이가 자리에서 벌떡 일어나며 소리를 질렀어요.

"내가 아까 그거 반칙이라고 말했잖아!"

"네가 언제 말했어! 갑자기 우기면 어떡해!"

병현이도 지지 않고 따졌어요.

"건이야! 너 또 우기냐!"

호석이가 병현이 편을 들었어요.

"너희가 우기는 거지! 내가 아까 시작할 때 그건 반칙이라고 분명히 말했어."

건이는 흥분해서 분하다는 듯이 소리를 고래고래 질렀어요.

"관둬. 나 게임 안 할 거야."

건이는 그대로 일어나서 자신의 자리로 돌아갔어요. 자리에 앉아서도 분한 마음이 가시지 않는지 병현이와 호석이를 노려봤어요.

"하기 싫으면 하지 마. 우리끼리 하자."

건이가 자리에서 떠나자 병현이와 호석이는 다시 보드게임 판을 정리하고 새롭게 게임을 시작했어요.

"서우야, 서우야, 네 차례야."

나연이가 서우를 두 번이나 불렀어요. 넋 놓고 건이를 보고 있던 서우는 자신의 차례가 된 것도 모르고 있었죠.

서우는 주사위를 던졌어요. 주사위를 던지면서도 화가 나서 혼자 앉아 있는 건이의 마음이 궁금했어요. 4학년 때도 건이가 갑자기 버럭 화내는 모습을 자주 봤거든요.

서우는 건이를 바라보며 이어폰을 톡톡 두드렸어요.

'뭐야. 자기들끼리 똘똘 뭉쳐서 나한테만 뭐라고 하고. 너네 아니면 뭐 놀 사람이 없는 줄 알아? 정말 웃기고 있네!'

건이의 화난
목소리가 계속 들렸어요.

'왜 다들 자꾸 나한테만 뭐라고
하는 거야! 아까 내가 소리 지르는 거 다들 봤겠지? 지효도 본 거 같아. 에잇, 창피해. 5학년 돼서 잘 지내보고 싶었는데. 먼저 시비를 걸잖아.'

그 순간 서우는 건이와 눈이 마주쳤어요. 건이는 서우를 향해 눈을 크게 부릅뜨며 뭘 보냐는 듯이 인상을 찌푸렸어요.

'뭐야? 박서우는 왜 자꾸 나를 보는 거야?'

서우는 건이가 자신을 의식하자 더는 건이 쪽을 보지 않았어요.

건이는 특별활동 시간 내내 책상에 엎드려 있었어요.

종례시간이 되었어요.

"여러분, 다음 주 특별활동 시간에는 장기자랑 백화점을 할

거예요. 여러분이 각자 하나의 매장을 열 거예요. 매장에서 파는 것은 친구들에게 자랑할 자신의 장기예요. 주제는 자유랍니다. 잘 생각해서 일주일 동안 준비해 보세요."

서우는 걱정이 되었어요. 친구들에게 자랑할 만큼 잘하는 게 있을까 싶었거든요.

"서우야, 너는 뭐 할 거야? 장기자랑 백화점 때 할 거 생각했어?"

나연이가 물었어요.

"글쎄. 잘 모르겠어. 나연이 너는 생각한 게 있어?"

"나도 무엇을 해야 할지 모르겠어."

나연이는 턱을 괴고 걱정 어린 표정을 지었어요. 그때 서우의 눈에 나연이의 실 팔찌가 눈에 들어왔어요. 나연이는 오른쪽 팔에 파란색과 분홍색실로 엮어 만든 실 팔찌를 하고 있었죠.

"나연아, 이거 네가 만들었다고 했지?"

"응, 내가 만들었지."

"장기자랑 백화점에서 실 팔찌를 만들어 보는 건 어때?"

"실 팔찌? 이걸 애들이 좋아할까?"

나연이가 걱정스러운 목소리로 물었어요.

"물론이지. 나라면 꼭 실 팔찌를 만들러 갈 거 같아. 걱정하지 마."

"뭐야. 너만 오면 어떡해. 하하하."

나연이는 장기자랑 백화점에서 실 팔찌를 만들기로 했어요.

서우는 수업이 끝나고 채윤이와 함께 집으로 갔어요. 그런데 건너편 길에 혼자 집으로 가는 건이의 뒷모습을 보았어요.

"김건이네. 서우야, 요즘에는 건이가 너 안 놀려?"

"조금 놀리긴 해도 예전보다는 덜해."

"그래? 다행이다."

"그런데 채윤아, 건이는 왜 자꾸 화를 벌컥벌컥 낼까?"

"그거야 성격이 못돼서 그렇지, 뭐. 아휴, 조금만 자기 마음에 안 들으면 버럭버럭 화내고 정말 못 말리잖아."

"오늘 건이를 보면서 생각해 봤는데…… 혹시 속상해서 화낼 수도 있을까?"

"속상해서?"

"응, 속상해도 화가 날까?"

"뭐, 그럴 때도 있긴 하지. 그런데 건이는 원래 화를 버럭버

력 잘 내잖아."

서우는 건이의 뒷모습이 오늘따라 조금 안쓰럽게 보였어요.

건이는 건널목에 서서 신호를 기다렸어요. 서우와 채윤이가 건널목을 향해 오자 건이와 눈이 마주쳤어요.

'박서우도 아까 봤겠지? 에잇, 창피해. 5학년 때는 나도 애들이랑 잘 지내보려고 노력했는데. 할머니랑도 학교에서 친구들이랑 싸우지 않겠다고 약속했고……. 이제 다 틀렸어.'

서우는 건이가 친구들과 잘 지내고 싶어서 노력했다는 사실에 깜짝 놀랐어요. 서우가 볼 때는 건이가 기분 내키는 대로 친구를 대하는 것처럼 보였거든요. 오히려 친구들과 못 싸워서 안달인 것처럼 보일 때가 있었으니까요.

그때 옆에 있는 채윤이가 건이에게 말을 걸었어요.

"건이야, 집에 가는 거야?"

건이는 채윤이와 서우를 힐끔 보더니 무슨 상관이냐는 듯이 대답하지 않았어요.

"뭐야, 김건, 대답도 안 하니? 집에 잘 가!"

채윤이는 다시 말을 건넸어요.

서우도 용기 내서 덧붙였어요.

“건아, 내일 교실에서 봐.”

건이는 귀찮다는 듯이 대답했어요.

“잘 가든지 말든지 무슨 상관이야.”

그때 건이의 마음의 소리가 들렸어요.

‘모르는 척할 줄 알았는데, 먼저 아는 척하네. 뭐야, 쑥스럽게.’

마음의 소리와 달리 건이는 발로 바닥을 차며 퉁명스럽게 대답했어요.

“엄채윤, 소심쟁이 홍당무! 너희도 잘 가라!”

건이는 건널목 신호가 바뀌자마자 빠르게 뛰어 건너갔어요. 오늘따라 서우는 소심쟁이 홍당무라는 말이 창피하지도 기분 나쁘지도 않았어요.

집에 돌아온 서우는 엄마에게 물었어요.

“엄마, 다음 주에 우리 반에서 장기자랑 백화점을 연대요. 가장 자신 있는 장기를 가르쳐 주면 된다는데, 전 뭘 하면 좋을까요?”

“어머, 정말 재미있겠다. 우리 서우는 하고 싶은 거 있어?”

"나연이는 실 팔찌 만들기로 했는데, 저는 잘 모르겠어요. 가장 자신 있는 건 종이접기인데, 다들 시시하게 생각하지 않을까요?"

"종이접기! 정말 재미있겠는걸. 그게 왜 시시해?"

"저는 재미있지만, 친구들은 재미없을 수 있잖아요. 또 제가 친구들에게 종이접기를 잘 가르쳐 줄 자신도 없어요."

"친구들이 어떻게 생각할지 몰라서 걱정되는구나?"

"네, 걱정이에요. 그리고 떨려서 아는 만큼 설명을 잘 못할 거 같아요."

"서우야, 그때 승민이 놀러 왔을 때 기억나? 네가 드래건 접는 법을 알려 줘서 미국 가서 친구들이랑 만들었대. 승민이가

드래건 접기로 반에서 인기가 엄청 많아졌다고 들었어."

"정말요?"

"그럼. 승민이한테 가르쳐 준 것처럼만 하면 돼."

"애들 앞에서 제가 잘 설명할 수 있을까요? 저는 친구들 앞에 나가면 떨려서 얼굴이 빨개져요. 엄마도 알잖아요."

"엄마도 잘 알지. 그리고 사실 엄마도 긴장하면 얼굴이 빨개지는걸."

"정말요? 그럼 엄마는 어떻게 대학생 언니, 오빠들 앞에서 강의해요?"

"좀 떨리고 얼굴이 빨개지면 어때."

"그러면 안 창피해요?"

"하하, 긴장하면 얼굴이 빨개지고, 손이 떨리기도 하고, 목소리가 떨리기도 하지. 그건 창피한 게 아니라 자연스러운 거야."

"그런데 안 그런 친구들도 있잖아요. 저는 유독 심하단 말이에요."

"물론 정도의 차이가 있을 수는 있지. 하지만 마음속으로 긴장하는 건 비슷할 거야. 그럼 엄마가 방법을 하나 알려 줄까?"

"안 떨리는 방법이 있어요?"

"떨리고 긴장되면 속으로 나에게 말을 거는 거야. '소심한 게 어때서. 괜찮아, 괜찮아, 얼굴 빨개져도 괜찮아.'라고."

"그렇게 말하면 무슨 효과가 있어요?"

"그럼 효과가 있고말고. 오른손을 왼쪽 가슴에 대고 토닥토닥하면서 자신에게 말하는 거야. '소심한 게 어때서. 괜찮아, 괜찮아, 얼굴 빨개져도 괜찮아.' 엄마 말 믿고 해 봐. 효과 있을걸."

서우는 엄마에게 알겠다고는 했지만, 별로 믿음이 가지 않았어요. 그렇게 말하는 것만으로 과연 효과가 있을지 상상이 안 되었거든요.

서우는 방으로 들어와서 그동안 접은 종이 동물들을 하나하나 살펴봤어요. 엄마에게서 승민이의 소식을 들으니 자신감이 조금 생겼어요. 나란히 올려놓은 동물들 사이에서 드래건을 집어 들었어요.

'이번 장기자랑 백화점 때 드래건 접기를 해 봐야겠어.'

서우는 친구들에게 드래건 접는 방법을 알려 주는 자신의 모습을 상상했어요. 서우는 장기자랑 백화점이 걱정되었지만, 설레기도 했어요.

"여러분, 장기자랑 백화점 시간입니다. 각자 마음에 드는 친구의 장기를 배우는 거예요. 여기에 준비해 둔 사탕이 장기를 사는 데 필요한 돈입니다. 열 개씩 가지고 가세요."

서우는 나연이에게 갔어요.

'나만의 실 팔찌'라고 적힌 팻말이 놓인 나연이의 책상에는 이미 예린이와 민영이가 와 있었어요.

"나연아, 빨리 실 팔찌 만드는 방법 알려 줘."

"응, 그래. 예린아, 먼저 원하는 색으로 실을 골라 봐. 그럼 이제 내가 하는 대로 따라 하면 돼."

서우와 예린, 민영이는 나연이가 알려 주는 대로 곧잘 따라 했어요. 나연이의 실 팔찌는 만들기 쉬웠지만, 정말 예뻤어요.

"나연아, 고마워. 정말 예쁘다. 나 하나 더 만들어도 돼?"

"응, 민영아. 여기 실로 아까 방법대로 만들면 돼. 원하는 만큼 만들어."

민영이는 하나를 더 만들기 시작했어요.

서우는 초록색과 노란색으로 엮어서 만든 자신의 실 팔찌를 보자 채윤이가 생각났어요.

"나연아, 나도 하나 더 만들어도 돼?"

"그럼. 마음에 드는 실로 가져가."

서우는 자신과 같은 팔찌를 채윤이에게 만들어 주고 싶었어요. 그래서 초록색과 노란색 실로 팔찌를 하나 더 엮었어요.

"서우야, 이제 드래건 접는 거 가르쳐 줄래?"

"응, 그래. 나연아, 내 책상으로 가자."

서우는 나연이와 함께 자신의 책상으로 갔어요. 서우 책상에는 '종이 드래건 만들기'라고 적힌 팻말이 놓여 있어요. 그런데 책상 앞에 건이가 서 있었어요.

"소심쟁이 홍당무, 이거 정말 네가 만든 거야?"

건이는 서우가 미리 만들어 온 드래건이 신기한지 이리저리 살펴보면서 물었어요.

"응."

"진짜? 제법인데. 그럼 나도 이거 한번 만들어 볼래. 빨리 알려 줘!"

서우는 건이가 자신을 찾아온 것이 좀 껄끄럽기도 했지만, 반갑기도 했죠.

어느새 나연, 건이, 예린, 호석이가 서우 책상 앞으로 모였어요. 서우는 긴장이 되었어요. 혹시 친구들의 속마음을 들으면 도움이 될까 싶어서 진이의 이어폰을 톡톡 두드리고 종이접기를 시작했어요.

"크크, 소심쟁이 홍당무! 손 떠는 것 봐 봐!"

건이는 재미있다는 듯이 놀렸어요. 서우는 건이의 놀림에 얼굴이 화끈거릴 정도로 빨개졌죠. 종이를 접는 손은 덜덜 떨렸어요.

"역시 소심쟁이 홍당무! 너 지금 얼굴 진짜 빨개졌어."

"진짜 얼굴색이 홍당무가 되었잖아, 크크."

건이의 말에 옆에 앉은 호석이도 거들었어요.

"건아, 좀 조용히 해. 서우가 너 때문에 신경 쓰여서 못하겠어."

나연이가 건이를 나무랐어요. 건이는 아랑곳하지 않고 키득키득 웃었죠.

서우는 어제 엄마가 해 준 말을 떠올렸어요. 오른손을 왼쪽 가슴에 얹고 살짝 자신을 토닥이며 속삭였죠.

'소심한 게 어때서. 괜찮아, 괜찮아, 얼굴 빨개져도 괜찮아.'

서우는 숨을 크게 한 번 들이쉬고 친구들을 바라봤어요. 그때 갑자기 한나가 보였어요. 어느새 한나도 종이접기를 배우려고 앞에 서 있었어요. 서우는 한나를 보자 더욱 긴장되었죠.

'한나의 마음의 소리를 듣지 않는 게 좋겠어. 가뜩이나 긴장되는데 괜히 더 신경만 쓰이잖아.'

서우는 한나의 얼굴을 안 보려고 최대한 노력했어요.

'한나는 분명히 속으로 날 못 마땅해할 거야. 무슨 소리를 듣게 될지 모르니 쳐다보지 말자.'

서우는 한나를 못 본 척하면서 종이접기를 시작했어요.

"이제 드래건을 접을게. 잘 봐 봐. 일단 색종이를 반으로 접어."

서우는 떨리는 목소리로 천천히 드래건 접기를 설명했어요. 다들 잘 따라 하는데, 건이는 잘되지 않는지 짜증스러워 보였어요.

'뭐야. 에잇, 다들 잘하는데 왜 나만 안 되는 거야?'

건이의 짜증스러운 속마음이 들렸어요. 그러더니 갑자기 건이가 자리에서 일어나서 접다 만 드래건을 바닥에 던지며 소리쳤어요.

"난 이거 안 할래. 뭐야! 재미 하나도 없어."

서우는 당황해서 얼굴이 빨개졌어요.

"서우야, 그다음 빨리 알려 줘. 건아, 너 만들기 싫으면 빠져."

호석이가 서우를 재촉했어요.

'왜 나만 잘 안 되는 거야. 에잇, 짜증 나. 안 하고 말지, 뭐!'

서우는 잠시 망설이다가 땅에 떨어진 드래건을 주어서 건이에게 건넸어요.

"건이야, 잠깐만 조금만 더 하면 되니까 좀 더 해 보자. 호석아, 잠깐만 기다려 줘."

서우는 건이에게 가까이 가서 비뚤어진 부분을 도와줬어요.

건이는 툴툴거리면서도 서우가 고쳐 주는 걸 유심히 봤어요.

"여기가 원래 조금 헷갈리는 부분이야. 이제 다시 따라 해 봐."

"안 한다니까. 재미없어!"

"여기 봐 봐. 모양이 제대로 잡혔잖아. 조금만 더 하면 돼."

건이는 제법 모양을 갖춘 드래건을 보더니 다시 제자리에 앉았어요.

서우는 다시 친구들에게 드래건 접기를 설명했어요.

"우와, 드래건 완성이다!"

건이는 자신이 접은 드래건을 높이 들어 올리며 친구들에게 보여 줬어요.

"와, 건이 네가 만든 거야?"

지효가 신기하다는 듯이 건이의 드래건을 보며 물었어요. 그 순간 건이의 얼굴이 시뻘겋게 달아올랐죠. 꼭 불타는 고구마 같았어요. 서우는 그 모습을 보고 있자니 웃음이 터져 나올 거 같았지만 가까스로 참았어요.

건이의 드래건을 보고 친구들이 몰려들었어요.

"멋지다. 나도 만들어 보고 싶어. 서우야, 나도 가르쳐 줘."

종이드래건만들기

자랑 백화점
스무고개 퀴즈

서우는 갑자기 친구들이 몰려와서 당황스러웠지만, 자신의 장기를 좋아해 주니 기분이 좋았어요. 빨개진 얼굴을 부끄러워할 겨를이 없을 정도로 드래건 접기를 설명하느라 바빴죠.

그러고 보니 한나가 앞에 있다는 것도 까맣게 잊고 있었죠. 서우는 얼른 주변을 둘러보았어요. 어느새 한나의 모습은 보이지 않았어요.

한바탕 드래건 접기를 하고 나니 장기자랑 백화점 시간이 거의 끝나 가고 있어요. 서우는 빨리 자리에서 일어나 다른 친구들 장기를 구경하고 싶었어요. 호석이 책상 위에 '재미있는 과학실'이라는 팻말이 보였어요.

"빨대로 감자에 구멍을 낸다고? 나도 할 수 있어."

병현이가 자신 있다는 듯이 말하자, 호석이는 어디 한번 해보라는 듯이 병현이에게 빨대와 감자를 건넸어요.

"할 수 있으면 해 봐."

병현이는 온 힘을 다해 빨대를 감자에 꽂으려고 했지만, 빨대만 힘없이 구부러졌어요. 그걸 지켜보던 친구들은 모두 웃음을 터트렸어요.

"뭐야? 생감자라서 딱딱하잖아. 여기에 빨대를 어떻게 꽂아.

거짓말!"

"그러니까 과학이 필요한 거야. 애들아, 잘 봐. 내가 꽂아 볼게."

모두 호석이의 손끝에 시선을 집중했어요.

"우와!"

"호석이는 정말 힘이 센가 봐. 빨대가 꽂혔어."

호석이가 감자에 빨대를 꽂자 다들 신기해했어요. 호석이는 놀라는 친구들의 반응이 무척 흡족했어요. 자랑스럽게 친구들에게 원리를 설명해 줬어요.

"이렇게 빨대 한쪽 구멍을 막고 감자에 꽂으면 잘 꽂혀."

"나 다시 해 볼래!"

병현이는 다시 도전하겠다고 나섰어요. 서우는 호석이를 바라보며 이어폰을 톡톡 두드렸죠,

'다들 봤겠지? 엄청나게 신기해했어! 성공이야, 후후. 다음에는 더 신기한 걸 준비해서 다들 깜짝 놀라게 해야지.'

옆 책상에서는 지효가 플루트 연주를 준비하고 있어요. 서우와 나연이도 지효의 플루트 연주를 들으려고 자리를 잡았어요. 맨 앞줄에 앉아 있는 건이의 모습도 보였죠. 친구들이 모이자

지효는 연주를 시작했어요.

서우는 지효의 얼굴을 보며 이어폰을 톡톡 두드렸죠.

'요즘에 왜 이렇게 맡아서 해야 하는 일이 많은지 몰라. 장기자랑 백화점도 오늘이면 끝이구나. 빨리 해치우자. 손이 좀 떨리는데 누가 보고 있는 건 아니겠지? 집중해서 연주하자. 집중, 집중, 집중.'

한나의 책상에는 '스무고개 퀴즈'라는 팻말이 덩그러니 놓여 있었어요. 오늘 한나의 스무고개 퀴즈는 인기가 없었던 모양이에요.

건이의 책상 위에 놓인 팻말에는 아무것도 쓰여 있지 않았죠. 아무래도 오늘 준비할 만한 장기가 생각나지 않았나 봐요.

8장

알쏭달쏭 헷갈리는 마음

오늘은 서우네 반이 수족관으로 견학을 가는 날이에요.

"서우야, 오늘 가면 인어공주 공연을 볼 수 있을까?"

"응, 나연아. 아까 선생님께서 볼 수 있다고 하셨어. 나도 인어공주 공연이 제일 기대돼."

그때 선생님의 목소리가 들렸어요.

"여러분, 다들 두 줄로 서서 관광버스를 탈 거예요. 이제 차가 들어오니까 짝꿍과 함께 줄을 서세요."

서우는 나연이와 나란히 줄을 섰어요. 서우 뒤에는 한나가 혼자 서 있었죠. 서우는 한나의 얼굴 바라볼 자신이 없었어요.

또 자신을 못 마땅해하는 소리를 듣게 될까 봐 두려웠거든요. 하지만 짝꿍 없이 혼자 서 있는 한나의 마음이 궁금해서 용기를 내어서 이어폰을 톡톡 두드렸어요.

'지효랑 앉고 싶었는데 지효는 민영이랑 단짝이니까. 우리 반에서 나만 짝이 없는 건가? 혼자 앉으려니 창피하잖아. 에잇, 그냥 생각하지 말자.'

서우는 속상해하는 한나가 안쓰럽기도 했지만, 고소하기도 했어요.

"서우야, 너 어디가 좋아? 창가에 앉을래, 복도에 앉을래?"

"응, 난 둘 다 상관없어. 너는 어디가 좋은데?"

"그럼 이번에 내가 창가에 앉을게. 돌아올 때는 네가 창가에 앉을래?"

"그래, 그렇게 하자."

나연이는 창가에 앉고, 서우는 복도 쪽에 앉았어요. 서우 건너편 옆자리에 한나가 혼자 앉았어요.

"나연아, 이거 먹어 봐. 이번에 새로 나온 딸기 초콜릿인데, 너랑 같이 먹고 싶어서 챙겨 왔어."

"맛있겠다. 고마워."

서우는 옆에 혼자 앉아 있는 한나가 마음에 걸렸어요. 속상해하는 한나의 속마음이 자꾸 떠올랐거든요. 서우는 용기를 내서 한나에게 초콜릿을 건넸어요.

"한나야, 초콜릿 먹을래?"

"아니, 난 초콜릿 싫어하거든. 아휴, 혼자 앉아서 가니까 자리가 넓고 좋다, 하하."

한나는 다리를 옆자리에 올리며 눕는 시늉을 했어요. 한나는 겉으로 보기에는 혼자 앉은 게 전혀 아무렇지 않아 보였어요. 오히려 편해 보였으니까요. 서우는 진짜 한나의 마음이 뭔지 헷갈렸어요. 그래서 한나를 바라보며 이어폰을 톡톡 두드렸어요.

'뭐야? 갑자기 나한테 친절하게 대하지? 흥! 설마 내가 혼자 앉아 있다고 불쌍하게 생각하는 거야?'

서우는 당황스러웠어요.

'역시 한나는 날 싫어하나 봐. 바보같이 왜 초콜릿 먹겠냐고 물어본 거야.'

서우는 민망해서 얼굴이 붉어졌어요. 한나에게 마음을 쓴 게 후회스러웠죠. 그때 한나의 마음의 소리가 다시 들렸어요.

‘나도 단짝이 있으면 얼마나 좋을까. 나는 왜 늘 단짝이 없지? 에잇, 모르겠다. 생각하지 말자.’

속상한 마음의 소리와 다르게 한나는 수족관에 가는 게 신나는 것처럼 노래를 흥얼거렸어요.

‘한나가 오늘 혼자라서 속상한 마음을 들키고 싶지 않은가 보네.’

서우는 한나의 마음을 모른 척하기로 했어요.

수족관에 도착했어요. 작은 열대어부터 식인 물고기, 가오리, 상어, 뱀목 거북까지 다양한 수중 생물을 볼 수 있었죠.

“어? 니모다! 애들아, 니모 찾았어!”

진솔이가 이야기하자 모두 작은 니모를 보러 우르르 몰려갔어요.

“우와! 저건 무슨 비행접시 같아. 꼭 웃고 있는 거 같잖아! 정말 웃기게 생겼네, 킥킥.”

건이는 가오리를 보며 흥분된 목소리로 말했어요.

“어? 이거는 바위인 줄 알았는데 물고기야! 꼭 바위랑 무늬가 비슷해서 헷갈리네. 선생님, 이런 걸 보호색이라고 하는 거죠?”

호석이가 선생님에게 질문했어요. 호석이는 궁금한 게 참 많은 모양이에요.

대형 수족관 앞에서 인어공주 공연이 열린다는 안내 방송이 나왔어요.

"자, 다들 자리에 앉으세요. 뒷사람이 잘 보이게 서서 관람하지 말고, 자리에 앉아서 봐야 합니다."

"난 맨 앞자리!"

"나도!"

선생님 말씀이 끝나자마자, 건이와 호석이는 앞줄에 앉으려고 쏜살같이 달려갔어요.

"지효야! 민영아! 빨리 와. 내가 자리 맡아 놓을게!"

한나는 지효를 부르며 빠르게 달려갔어요. 한나가 지효와 민영이의 자리를 맡아 줬어요. 그래서 지효와 민영이도 맨 앞줄을 차지했죠. 서우와 나연이는 친구들이 거의 자리에 앉은 다음에서야 자리를 잡았어요.

"애들 진짜 빨라. 나도 앞에서 보고 싶었는데……."

맨 뒤에 앉는 게 속상한 나연이가 말했어요.

"그러게. 그런데 여기서도 잘 보여."

"맞아. 이 정도면 되지, 뭐."

인어공주 복장의 다이버가 수족관 안에서 밖을 향해 인사하며 춤을 추는 공연을 했어요. 인어공주 역을 맡은 다이버가 한 바퀴 매끄럽게 돌 때마다 탄성이 터져 나왔어요.

화려한 공연이 끝나고 수족관과 연결된 야외 동물원으로 이동했어요.

"초식동물 먹이 주는 체험을 할 거예요. 당근이 담긴 봉지를 하나씩 가져가면 돼요."

서우는 두 봉지를 챙겨서 나연이에게 한 봉지를 줬어요. 귀여운 토끼에게 손으로 먹이를 줄 생각에 가슴이 두근거렸어요.

"선생님, 한 봉지 모자라는데요. 저 못 받았어요."

건이가 울상이 돼서 말했어요. 건이는 인어공주 공연이 끝나고 가오리를 한 번 더 보고 나오느라 늦게 왔거든요. 건이는 억울하다는 듯이 툴툴거렸어요.

"저도 먹이 주고 싶어요! 왜 제 것만 없어요?"

"한 봉지가 모자라는구나. 누가 건이랑 같이 먹이를 나눠 줄래?"

아무도 흔쾌히 손을 들지 않았어요. 서우는 건이를 보며 이어폰을 톡톡 두드렸어요. 건이의 속마음이 들렸어요.

'나만 못 하는 거야? 왜 맨날 나는 이렇게 재수가 없지.'

겉으로 화내는 모습과는 다르게 건이는 금방이라도 울음을 터트릴 거 같은 목소리였죠. 서우는 망설이다가 용기를 내어서 건이에게 다가가 당근 봉투를 건네줬어요.

"건이야, 이거 네가 줘."

"소심쟁이 홍당무, 너는?"

"나는 괜찮아. 나연이랑 같이해도 돼. 나연아, 괜찮지?"

사실 나연이는 내키지 않았어요. 하지만 어쩔 수 없다는 듯이 대답했어요.

"그래, 우리가 같이 주자."

말이 끝나기가 무섭게 건이는 재빠르게 당근이 담긴 봉지를 서우의 손에서 가로챘어요. 그러고는 신나서 달려가면서 뒤도 돌아보지 않은 채로 외쳤죠.

"고마워! 넌 소심쟁이 홍당무니까, 토끼에게 당근을 먹이로 주는 건 좀 그렇지? 킥킥."

서우는 그 상황에서도 자신을 놀리는 건이가 황당했지만, 웃음이 났어요.

오늘은 마지막으로 체육대회 단체 공연 안무를 다 함께 맞춰 보는 날이에요.

서우는 걱정스러운 마음으로 강당에 들어갔어요.

"다들 안무를 잘 외웠나요? 일단 조별로 안무를 맞춰 보고, 마지막에 다 같이 연습할게요."

먼저 조별로 안무를 맞춰 보려고 모였어요.

"다들 안무 외워 왔지?"

한나가 앞에서 이야기했어요. 서우는 이어폰을 꽂고 있어서 한나를 보지 않으려고 애썼어요. 한나가 속으로 자신에 대해서 또 무슨 말을 할지 두려웠거든요.

음악이 흘러나왔어요. 한나가 앞에서 율동을 했어요. 서우는 최대한 한나를 보지 않고 앞에 있는 나연이를 보면서 동작을 따라 했어요. 서우는 어젯밤에 음악을 틀어 놓고 방에서 혼자 안무를 여러 번 연습했어요.

'소심한 게 어때서. 괜찮아, 괜찮아, 얼굴 빨개져도 괜찮아.'

서우는 동작을 크게 하며 춤추는 게 무척 어색했지만, 엄마가 알려 준 주문을 외우며 열심히 따라 했어요. 주문을 외웠지만, 춤추는 내내 얼굴이 달아오르는 건 어쩔 수 없었죠.

"서우야! 팔을 좀 더 크게 돌리면 좋겠어. 앞에서는 하나도 안 보여."

한나의 지적을 들은 서우는 무심결에 한나의 얼굴을 바라봤어요.

'어휴, 서우는 동작을 크게 하는 게 도대체 왜 어려운 거지? 우리 반이 1등 하는 데 관심도 없나 봐.'

서우는 한나의 마음의 소리를 듣고 속상하기도 하고 화도 났어요. 나름대로 열심히 하는 자신의 마음을 모르는 한나가 미웠거든요.

그때 나연이가 갑자기 한나에게 퉁명스럽게 말했어요.

"저번보다 잘하는데 왜 자꾸 서우에게만 뭐라고 하는 거야? 솔직히 건이가 더 심각하잖아."

순간 정적이 흘렀어요. 한나는 당황한 듯 아무 말도 못 하고 서 있었죠. 깜짝 놀란 건 서우도 마찬가지였어요. 서우는 나연이가 그렇게 화내는 걸 처음 봤거든요. 나연이의 마음이 궁금해서 이어폰을 톡톡 두드렸어요.

'한나는 왜 자꾸 서우한테만 뭐라고 하는 거야? 건이는 대놓고 안무 싫다고 하니까 아무 소리도 못 하면서. 서우는 조용하니까 만만한가?'

서우는 당황스러웠지만, 나연이에게 고마운 마음도 들었죠. 사실 자신이 하고 싶은 말이기도 했으니까요.

그때 건이가 나연이에게 따졌어요.

"야, 이나연! 갑자기 왜 날 걸고넘어져! 내가 무슨 잘못을 했다고. 난 이 바보 같은 춤을 추기 싫다고!"

서우는 점점 험악해지는 분위기가 걱정되었어요. 자신 때문에 일이 이렇게 된 것 같아 가슴이 마구 콩닥거리고, 긴장해서 얼굴이 빨개졌죠.

그때 한나가 분위기를 정리해야겠다는 듯이 입을 열었어요.

"다들 그만해. 이건 우리 반 전체가 함께하는 일이잖아. 이렇게 시간을 들여서 연습하는데, 이왕이면 1등을 해야 할 거 아니야? 크게 크게 동작하라고 하는 게 뭐가 잘못된 말이니?"

서우는 무슨 말이든 해야 할 거 같았지만 아무 말도 떠오르지 않았어요. 얼굴은 점점 뜨거워지고, 손에는 땀이 났어요.

서우가 어쩔 줄 몰라 하는 사이 다행히 선생님의 목소리가 들려왔어요.

"자, 이제 단체로 율동을 맞춰 볼게요. 다들 줄 맞춰서 대형에 맞게 서 보도록 해요."

선생님 말씀에 따라 모두 흩어져서 대형에 맞춰 섰어요.

서우는 나연이를 바라봤어요. 나연이는 서우를 향해 걱정하지 말라는 듯한 눈빛을 보냈어요.

'속이 다 후련하네! 걱정하지 마, 서우야. 내가 하고 싶어서 한 말이니까.'

나연이의 속마음이 들렸어요. 서우는 자신과 비슷하게 소심하다고 생각한 나연이가 저렇게 당당하게 마음을 표현해서 놀랍기도 하고 부럽기도 했어요.

서우는 한나 쪽을 바라봤어요. 한나는 아무 일이 없었다는 듯이 비장한 표정으로 앞에서 춤을 추고 있었어요.

'뭐야, 내가 뭘 잘못했다고 다들 저러는 거야? 다 같이 열심히 해서 이왕이면 1등을 해야 할 거 아니야.'

음악이 크게 흘러나오자 서우는 춤추는 친구들을 한 명씩 바라봤어요.

나연이는 춤추는 게 싫다고 투덜거렸지만, 큰 동작으로 열심히 추었어요. 예린이는 얼굴이 상기된 채로 신나게 추고 있었고요. 건이는 여전히 안무가 못마땅한지 한껏 얼굴을 찡그린 채로 성의 없게 동작을 아무렇게나 하고 있었어요. 왼손을 들어야 할 때는 오른손을 들고, 오른손을 들어야 할 때는 왼손을 들었죠. 화성이는 여전히 로봇같이 어색하게 춤을 추며 즐거워했어요.

'그러고 보면 다른 친구들처럼 나도 할 수 있는 만큼만 하면 돼.'

서우는 친구들의 모습을 보면서 부담을 덜었어요. 자신이 할 수 있는 만큼 춤을 췄어요. 빨리 체육대회가 끝났으면 좋겠다고 생각하면서 말이에요.

10장 몰랐던 친구의 마음

“여러분, 이제 체육대회가 일주일 남았어요. 체육 경기에 반 대표로 나가는 친구들을 제외하고, 반으로 나눠서 응원팀과 물품 준비팀을 맡을 거예요.”

“선생님, 우리 반 응원할 때 뭔가 우리 반만의 특별한 게 있으면 좋지 않을까요?”

체육부장인 호석이가 제안했어요.

“응, 좋은 생각이다. 어떤 게 좋을까?”

그때 건이가 장기자랑 백화점 때 접은 종이 드래건을 책상 서랍에서 꺼냈어요. 구겨진 종이 드래건을 들어 올리며 큰 소리로 말했어요.

“이런 거 어때요? 용감한 드래건!”

“드래건으로 응원하는 건 정말 좋은 아이디어다!”

호석이가 손바닥으로 책상을 치며 말했어요.

건이는 장난삼아 한 말이었는데 호석이가 호응하자 어리둥절했어요.

“드래건으로 응원한다니 멋질 거 같아.”

지효도 동의했어요. 그러자 건이의 얼굴이 시뻘겋게 달아올랐죠.

‘지효도 내 생각이 좋다고 하네. 그냥 해 본 말인데 이렇게 반응이 좋을 줄이야.’

“내 아이디어가 기발하긴 하지!”

건이는 의기양양하게 말했어요.

“근데 종이로 접은 드래건은 너무 작아서 안 보일 거야. 크게 드래건을 만들어서 응원하는 건 어때?”

다들 드래건을 어떻게 크게 만들지 얘기하느라 분주했어요.

“선생님, 서우가 드래건을 접을 줄 아니까, 서우가 응원 물품을 담당하면 좋겠어요.”

진솔이의 제안에 모두의 시선이 서우에게 집중되었어요.

서우는 금세 얼굴이 빨개졌어요.

“그러면 좋겠구나. 서우가 응원 물품을 담당해 볼래?”

서우는 모두의 관심을 받는 순간이 무척 쑥스러워서 가슴이 마구 쿵쾅거렸죠. 하지만 이번에는 용기를 내보고 싶었어요.

“네, 선생님. 제가 해 볼게요.”

서우는 대답하면서도 자신에게 놀라운 마음이 들었어요. 무언가 나서서 하는 걸 싫어한다고만 생각했는데 종이접기와 관련된 일이라 그런지 해 보고 싶은 마음이 더 컸거든요.

물품 준비팀은 서우, 나연, 예린, 건이가 맡았어요.

수업이 끝나고, 넷은 후다닥 책상 청소를 마치고, 어떻게 드래건을 크게 만들지 궁리했어요.

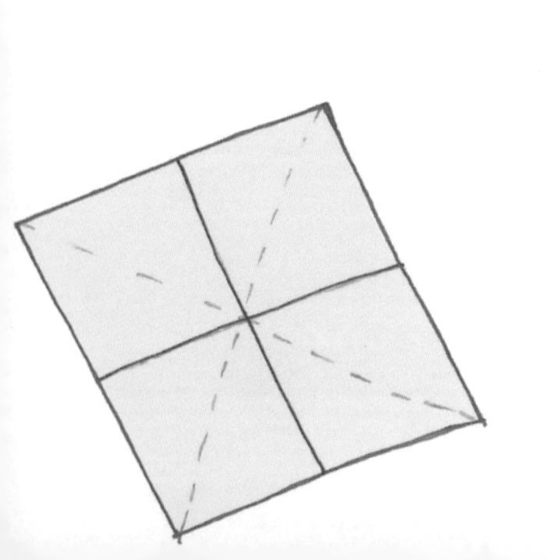

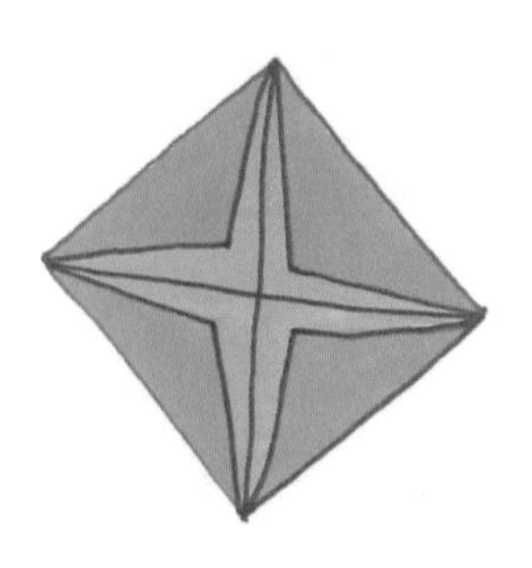

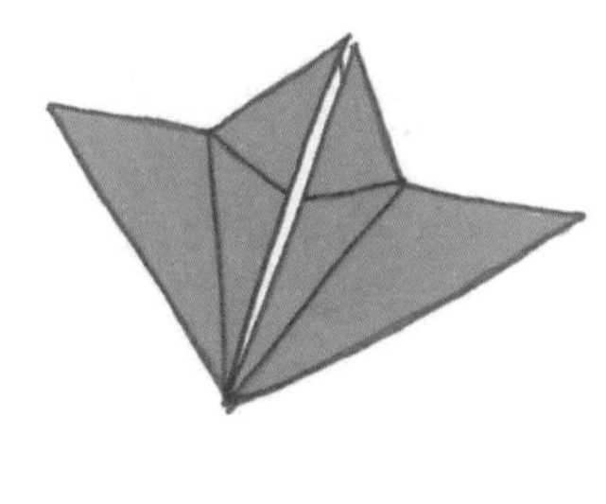

"크게 종이를 잘라서 드래건을 만드는 거 어떨까? 큰 종이를 접는 건 어려우니까."

나연이의 말에 서우는 고개를 끄덕였어요.

"긴 나무 막대 끝에 큰 드래건을 매달아서 깃발처럼 흔드는 건 어때? 멀리서도 보이게 말이야."

예린의 아이디어에 모두 들떴어요.

"바람에 날리는 드래건 깃발이라니! 생각만 해도 멋진걸!"

건이가 교실이 울릴 정도로 크게 외쳤어요.

물품 준비팀은 짧은 회의를 마치고, 집으로 돌아갔어요.

서우는 집에 가기 전에 잠깐 화장실에 다녀왔어요. 집에 가서 큰 드래건을 만들어 볼 생각에 벌써 설렜죠. 그런데 교실로 돌아왔을 때, 자신의 책상 위 종이 드래건을 이리저리 살펴보는 한나가 보였어요.

서우는 순간적으로 긴장되었어요.

'이건 도대체 어떻게 접는 거야? 볼수록 신기하단 말이야.'

서우는 깜짝 놀랐어요. 한나가 속으로 또 자신을 못마땅해

할 거라고만 생각했거든요. 서우는 한나와 단둘이 있는 상황이 부담스러워서 빨리 집으로 가야겠다는 생각뿐이었죠.

서우는 한나를 보고 어색하게 웃으며 가방을 메고, 교실을 나가려고 했어요.

"박서우! 너 왜 자꾸 나를 무시하는 거야?"

서우는 등 뒤에서 들리는 한나의 말에 어안이 벙벙했어요. 몸을 돌려 한나를 바라봤어요. 한나는 퉁명스럽게 이어서 말했어요.

"네가 나를 계속 보지 않더라고. 내가 말 안 하려고 했는데 기분 나빠서 이제는 말해야겠어."

서우는 당황스러웠어요. 그래서 얼굴이 빨개진 채로 가만히 서서 한나를 바라봤어요.

"내가 공연 준비하느라 안무 가르쳐 준 것뿐인데, 혹시 그것 때문에 나한테 기분 나빠서 그러니?"

서우는 한나가 왜 자신에게 화를 내는지 도통 이해할 수 없었어요. 사실 그동안 기분 나빴던 건 자신이니까요. 서우는 떨리는 목소리로 용기를 내서 말했어요.

"한나야, 무슨 말인지 잘 이해가 안 돼. 내가 널 무시한 게 아니라, 네가 날…….”

“뭐라고? 내가 널 무시했다고?”

“그게, 사실은…… 난 네가 날 소심해서 싫어한다고 생각했어. 춤 연습할 때도 맨날 나에게 뭐라고 했잖아.”

서우는 작은 목소리로 겨우겨우 말을 마쳤어요.

한나는 억울하다는 듯이 말했어요.

“그거야 솔직히 답답하긴 했지. 이왕이면 우리 반이 1등을 해야 하는데, 네가 열심히 안 했잖아. 하지만 그건 공연 준비를 해야 하니까 그런 거잖아. 날 먼저 무시한 건 너야!”

서우는 답답한 마음에 금방이라도 눈물이 날 거 같았어요. 분명히 한나가 자신을 싫어한다고 생각했는데, 한나는 오히려 서우가 자신을 무시한다고 말하고 있으니까요.

“그게 무슨 말이야? 내가 언제 무시했어?”

“그때 장기자랑 백화점 할 때! 나도 이 드래건 접는 방법을 배우고 싶었는데, 네가 나한테만 안 알려 줬잖아.”

서우는 도대체 한나가 무슨 말을 하는지 이해되지 않았어요.

“너만 안 알려 주었다니 그게 무슨 말이야?”

“다른 친구들한테는 색종이도 나눠 주고 자세히 가르쳐 줬잖

아. 그런데 너는 나를 쳐다보지도 않고 없는 사람 취급했잖아. 기억 안 나니?”

‘아, 그때 한나의 마음의 소리가 들릴까 봐 두려워서 한나를 일부러 안 쳐다봤지.’

서우는 그제야 한나가 왜 오해하는지 알았어요.

“그건, 네가 나를 싫어하는 거 같아서 그랬어. 가뜩이나 떨리는데 더 긴장될까 봐, 너를 애써 안 보려고 한 거야. 일부러 무시한 건 아니야.”

“네가 먼저 나를 무시해 놓고는, 이제 와서 내가 널 싫어해서 그랬다는 거니?”

한나는 갑자기 억울한 듯 울먹였어요.

“그건 네 오해야. 사실 난 네가 나를 싫어하는 줄 알았어. 그래서 피하게 된 거야.”

“내가 널 왜 싫어해? 물론 좀 답답하다고 생각은 했지만, 그건 싫어하는 거랑 다른 거잖아!”

한나는 울먹이는 자신이 문뜩 좀 창피하게 느껴졌어요. 빨리 이 상황을 마무리하고 싶었죠.

서우는 여전히 얼굴이 화끈거렸어요. 그리고 한나에게 꼭 해 주고 싶은 말이 있지만, 쑥스러워서 입이 떨어지지 않았어요.

'괜찮아, 괜찮아. 얼굴이 빨개져도 괜찮아. 이렇게 하라고 했지? 쑥스러우면 어때. 괜찮아.'

서우는 용기 내서 말을 꺼냈어요.

"한나야, 미안해. 나라도 무시당했다고 느꼈을 거야. 정말 미안해."

한나는 글썽이는 눈물을 들키고 싶지 않아서 눈물을 빠르게 닦으며 대답했어요.

"나도 너 싫어하는 거 아니야. 다 같이 하는 공연이니까 열심히 해서 1등을 하고 싶었을 뿐이라고."

"내가 오해했어. 단체 공연할 때 내가 할 수 있는 데까지 열심히 해 볼게."

"그래! 열심히 좀 해 봐. 동작을 좀 크게 크게 하란 말이야. 다음에 나도 드래건 접는 방법 알려 줘. 난 먼저 갈게!"

한나는 서우의 대답도 듣지 않고 자신의 말만 끝내고는 몸을 돌려 교실 밖으로 나가 버렸어요.

서우는 여전히 얼굴이 달아올라 화끈거리고 심장이 쿵쾅거렸어요. 하지만 마음 한구석이 왠지 모르게 후련했어요.

체육대회 날이에요. 오전에는 반별로 체육 경기가 있어요.

지금은 피구 시합이 한창이에요.

"어휴! 김민영! 공을 놓치면 어떡해! 잘 잡아야지. 답답해, 진짜!"

한나는 자신이 패스한 공을 잡지 못한 민영이에게 답답하다는 듯이 외쳤어요.

"공을 너무 세게 던져 주니까 놀랐잖아. 어휴, 살살 좀 해. 무서워!"

"하하하하."

한나와 민영이는 금세 서로를 보면서 웃었어요. 그리고 다시 피구에 집중했죠.

"어! 건아! 이거 받아. 한 명만 더 맞추면 우리가 이긴다! 이번 경기에서 우리가 이겨야 해!"

한나는 건이에게 공을 패스했어요. 건이는 허둥지둥 공을 받으려다 자신의 발에 걸려 넘어져서 공을 놓쳤죠.

"어휴, 그것도 못 잡으면 어떡하니?"

"장한나, 네가 공을 제대로 던져 줬어야지!"

건이는 오히려 한나가 공을 제대로 던지지 않았다고 투덜거렸어요.

지효는 상대 팀의 맹렬한 공격에도 끝까지 날렵하게 피해서 마지막까지 살아남았어요.

"신지효! 신지효! 잘한다, 신지효!"

다들 끝까지 살아남은 지효를 응원했어요. 그중에서도 건이의 목소리는 유독 우렁찼어요.

'삑'

피구 경기가 끝났어요. 지효가 마지막까지 살아남아서 지효가 속한 팀이 이겼어요.

서우와 나연이는 관람석 맨 앞줄에 앉아서 커다란 드래건 깃발을 들고 손뼉을 쳤어요. 초록색 색지로 만든 드래건 깃발이 응원석 군데군데 보였어요.

점심을 먹고 난 뒤 단체 공연이 시작되었어요. 반별로 나와서 그동안 준비한 공연을 차례로 뽐냈죠.

드디어 서우네 반 차례가 되었어요. 모두 대형에 맞춰서 운동장 중앙으로 나가려고 할 때, 한나가 모두를 향해 크게 소리쳤어요.

"애들아, 우리 반이 1등 하는 거야! 파이팅!"

다들 함께 소리쳤어요.

"파이팅!"

운동장 가운데 서 있는 서우는 가슴이 쿵쾅거렸어요. 긴장해서 얼굴도 달아올랐죠.

'괜찮아, 괜찮아, 얼굴 빨개져도 괜찮아.'

음악이 운동장에 크게 울려 퍼졌어요. 음악이 시작되자 그동안 연습한 대로 함께 춤을 추었어요.

맨 앞줄에 있는 한나와 호석이는 역시 조장답게 비장한 표정으로 멋지게 춤을 췄어요. 같은 율동이지만 남달라 보였죠. 건이는 여전히 동작을 많이 틀렸어요. 아직도 왼쪽과 오른쪽이 많이 헷갈리는 모양이에요. 그런데도 뭐가 신나는지 맞지도 않은 동작을 아주 크게 열심히 했어요.

예린이는 얼굴이 빨갛게 상기되어 있었지만, 얼굴에는 미소가 가득했어요. 아마 마음속으로 내년에는 맨 앞에서 춤을 추는 모습을 상상하고 있을 거예요.

서우는 춤을 추는 친구들의 마음이 궁금했어요. 춤을 추면서 이어폰을 톡톡 두드렸죠.

예린이의 속마음이 들렸어요.

'춤추는 게 조금 쑥스럽긴 하지만 정말 재미있어. 내년에는 나도 조장이 되어서 맨 앞줄에서 추면 얼마나 좋을까.'

건이의 속마음도 들렸어요.

'뭐야! 나만 동작이 왜 이렇게 안 맞아. 에잇! 모르겠다. 되는 대로 추면 되지 뭐. 어쩌라고!'

서우는 건이의 속마음을 듣고 웃음이 터져 나올 뻔했어요.

곧이어 호석이의 속마음이 들렸어요.

'멋있게 잘 춰야지. 뒤에서 다들 보고 있겠지? 멋진 모습을

보여 주면 지금보다 훨씬 인기가 많아질 거야. 내가 우리 반 남자애 중에 춤을 제일 잘 추잖아, 후후.'

비장한 표정으로 춤을 추는 한나의 속마음도 들렸어요.

'우리 반이 1등을 해야 하는데, 뒤에서 잘하고 있으려나? 앞에서만 열심히 하면 뭐해. 1등을 해야 하는데, 1등!"

곧이어 지효의 속마음이 들렸어요.

'할 일도 많은데 안무 조장에 피구 선수까지 하려니 힘들었어. 자꾸만 친구들이 부탁해서 이것저것 맡아 하려니 녹초가 될 지경이야. 나를 좀 내버려 두면 좋겠어. 그래도 오늘만 하면 끝이야!'

이어서 단짝 나연이의 목소리가 들렸어요.

'도대체 다 같이 나와서 왜 춤을 춰야 하는 거야? 이런 단체 활동이 난 정말 하기 싫어.'

하지만 나연이는 속마음과 다르게 정확한 동작으로 열심히 춤을 추고 있었어요.

서우는 생각했어요.

'그래, 좀 못 하면 어때. 할 수 있는 만큼 하면 되잖아.'

혼잣말로 되뇌면서 서우는 춤을 췄어요. 그런데 정신 차리고 보니 친구들 모두 오른쪽 손을 들어 올렸는데, 자신과 건이만 왼쪽 손을 올리고 있었죠. 서우는 너무 당황한 나머지 얼굴이 빨개지고 다음 동작이 생각나지 않아 주춤거렸어요.

'어이쿠, 괜찮아, 괜찮아, 실수해도 괜찮아. 다시, 다시, 다시.'

서우는 마음을 가다듬고, 다시 친구들의 동작을 보며 따라 했어요. 이내 다음 동작이 자연스럽게 기억났어요. 그렇게 단체 공연이 무사히 끝났어요. 결과는 2등으로 아쉽게 상품을 받지 못했어요.

하지만 서우는 끝났다는 사실에 뛸 듯이 흘가분했어요.

다음 날 서우는 교실에 들어가며 이어폰을 귀에 꽂지 않았어요.

진이를 만나서 이어폰을 돌려주고 싶다고 생각했어요. 친구들의 속마음을 듣는 게 재미있기도 했지만 들키고 싶지 않은 마음을 몰래 듣는 거 같아서 미안하기도 했거든요. 그리고 이어폰으로 마음을 잠깐 듣는다고 해서 친구의 마음 전체를 알 수 없다는 걸 깨달았죠.

오히려 이어폰 때문에 한나의 마음을 오해했으니까요.

'아쉽지만, 진이에게 이어폰을 돌려줘야겠어.'

서우는 자리에 앉아서 교실을 둘러보며 친구들의 모습을 살펴봤어요. 반 친구들은 여느 때와 같이 친한 친구들끼리 삼삼오오 모여 이야기를 나누고 있어요. 남자애들 몇몇은 공을 차며 교실을 돌아다니고 있었죠.

한나는 여전히 쉬는 시간 내내 여기저기 돌아다니며 쉴새 없이 친구들에게 말을 걸고 장난을 쳤어요.

건이는 뭐가 또 마음에 안 드는지 소리를 고래고래 지르며 버럭 화를 내고 있었죠.

지효는 언제나처럼 친구들에게 둘러싸여 있었고요.

호석이는 화성이에게 얼마 전 로봇 박람회에 다녀온 자신의 경험담을 자랑스럽게 늘어놓느라 바빴어요.

진솔이는 차분히 앉아서 요즘 흠뻑 빠져 있는 역사책을 읽느라 주변 일에는 관심이 없었죠.

"서우야, 무슨 생각해? 우리 같이 물 마시러 가자."

나연이가 서우의 자리로 다가오며 말했어요.

"응, 나연아, 나도 목말랐어. 같이 가자."

집으로 돌아오는 길에 서우는 할아버지에게 편지를 보내기 위해 우체통으로 향했어요. 할아버지에게 드래건 깃발을 보여 주고 싶었거든요. 서우는 체육대회 때 드래건 깃발을 들고 나연이와 찍은 사진을 편지에 넣었어요. 그리고 종이로 접은 공룡, 브라키오사우루스도 함께 넣었죠. 편지를 우체통에 넣고, 혹시 진이를 만날 수 있을까 싶어서 공원으로 갔어요. 그네를 좋아하는 진이가 공원에 있지 않을까 싶었거든요.

그런데 신기하게도 정말 진이가 그네를 타고 있었어요.

"진이야!"

서우는 그네를 타고 있는 진이를 보고 반가운 마음에 달려갔어요.

"서우야, 잘 지냈어?"

"응, 오늘 너를 꼭 만나고 싶었는데 정말 여기에 있네. 다행이다."

"왜 나를 만나고 싶었던 거야?"

"이거 이어폰, 이제 돌려주고 싶어서……."

"왜? 필요 없는 거야?"

"응, 이제는 친구들의 마음을 듣지 않아도 될 거 같아."

"그래? 궁금해했잖아."

"응, 무척 궁금했지. 그런데 이제는 듣지 않아도 괜찮아."

"그렇다면 이 이어폰은 다시 내가 가져갈게. 서우야, 오래 대

화 못 해서 미안. 이제 가야 하거든. 마음 나라 연구소에 친구가 오기로 했어."

"응, 진이야, 넌 정말 바쁘구나. 근데 너를 다시 만나려면 어떻게 해야 해? 마음 나라 연구소 말이야. 다시 찾아가려고 해도 길이 헷갈리더라. 분명히 저 길로 쭉 갔었는데."

진이는 서우를 장난스럽게 바라봤어요.

"종종 내가 그네 타러 올 테니까, 우리는 또 볼 수 있을 거야. 그리고 이거 받아. 새 이어폰이야."

서우는 가슴이 철렁했어요. 이번에는 또 어떤 게 들리는 이어폰일지 긴장되었거든요.

"이 이어폰은 뭐가 들리는데?"

"뭐가 들리긴! 그냥 음악이 들리는 이어폰이지. 그때 이어폰이 망가졌잖아. 널 만나면 주려고 가지고 다녔어."

서우는 평범한 이어폰이라는 사실에 안심이 되었어요.

"진이야, 고마워."

"그럼 난 먼저 갈게. 건강히 잘 지내. 으악, 늦었다! 안녕, 서우야!"

"응, 잘 가."

서우는 진이의 뒷모습이 사라질 때까지 바라봤어요.

끝

내 마음을 토닥토닥

마음 진정 주문 만들기 프로젝트

'내향형-외향형' 체크리스트(Check List)

평상시 내가 더 편안하다고 느끼는 문항에 체크하세요.

1. 처음 가는 장소 또는 처음 만나는 친구들 사이에서……
   (1) 주변의 분위기를 살피며 조용히 있는 편이다. ( )
   (2) 호기심을 갖고 행동하는 편이다. ( )

2. 새 학기에 친구를 사귈 때……
   (1) 새로운 친구가 다가오기를 기다리는 편이다. ( )
   (2) 내가 먼저 새로운 친구에게 다가가는 편이다. ( )

3. 나는 친구를 사귈 때……
   (1) 나와 잘 맞는 소수의 친구(단짝)와 사귀는 편이다. ( )
   (2) 가능하면 다양한 친구와 사귀려는 편이다. ( )

4. 친구와의 관계는……
   (1) 소수의 친구와 친밀한 관계를 유지하는 편이다. ( )
   (2) 다양하고 많은 친구와 넓게 관계를 유지하는 편이다. ( )

5. 나는 대화할 때……
   (1) 말하기보다 듣는 편이다. ( )
   (2) 듣기보다 말하는 편이다. ( )

6. 낯선 환경에……
   (1) 적응하는 데 시간이 오래 걸리는 편이다. ( )
   (2) 빨리 적응하는 편이다. ( )

7. 마음이 울적할 때……
   (1) 혼자 시간을 보내거나 아주 친한 사람과 만나려는 편이다. ( )
   (2) 좋아하는 활동을 하거나 사람들과 어울리려는 편이다. ( )

8. 결정을 내릴 때……

(1) 행동보다는 생각을 먼저 하는 편이다. ( )

(2) 생각보다는 행동을 먼저 하는 편이다. ( )

9. 나의 마음을 이야기할 때……

(1) 글로 표현하는 것이 편하다. ( )

(2) 말로 표현하는 것이 편하다. ( )

10. 나는 주변 사람에게……

(1) 조용한(신중한) 편이라는 이야기를 자주 듣는다. ( )

(2) 활발한(활동적인) 편이라는 이야기를 자주 듣는다. ( )

11. 새 학기가 되면……

(1) 친구들에게 나의 이름과 성격이 알려지는 데 시간이 걸리는 편이다. ( )

(2) 친구들에게 나의 이름과 성격이 금방 알려지는 편이다. ( )

12. 나는……

(1) 내 마음에 떠오르는 생각, 자신에 대해서 자주 생각하는 편이다. ( )

(2) 주변에 벌어지는 일, 타인에 관심이 많은 편이다. ( )

13. 내가 생일 파티를 연다면……

(1) 친한 친구 위주로 초대하고 싶다. ( )

(2) 가능하면 많은 친구를 초대하고 싶다. ( )

14. 친구와 약속을 잡는다면……

(1) 소수의 친한 친구와 만나고 싶다. ( )

(2) 다양하고 새로운 친구를 만나고 싶다. ( )

15. 나는 고민이 생겼을 때……

(1) 마음속에 담아 두고 생각하는 편이다. ( )

(2) 말로 이야기를 꺼내 놓는 편이다. ( )

'내향형-외향형' 체크리스트 채점

아래 문항별로 체크한 항목에 동그라미를 쳐 보세요. 내향과 외향의 항목 개수를 비교하여 더 많이 나온 쪽이 자신의 성향이라고 볼 수 있어요. 두 항목이 비슷한 개수가 나왔다면 두 성향의 특성이 고루 있다고 볼 수 있습니다.
그리고 기억해야 할 점은, 우리는 누구나 내향형과 외향형의 특성이 모두 있답니다. 두 가지 특성 중 내가 더 많이 가지고 있는 특성이 있을 뿐, 한 가지 특성만 가진 것은 아니랍니다.

문항	세부 문항	세부 문항
1	(1)	(2)
2	(1)	(2)
3	(1)	(2)
4	(1)	(2)
5	(1)	(2)
6	(1)	(2)
7	(1)	(2)
8	(1)	(2)
9	(1)	(2)
10	(1)	(2)
11	(1)	(2)
12	(1)	(2)
13	(1)	(2)
14	(1)	(2)
15	(1)	(2)
총 개수	내향(　)	외향(　)

내향형-외향형에 대한 이해

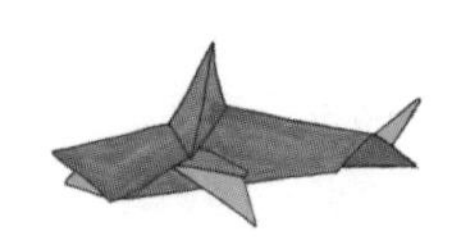

내향형, 외향형은 무엇이 더 좋고 나쁜 성격이 아니랍니다. 하늘의 무지개 색깔이 일곱 색으로 각기 다르듯이 우리의 성향이라는 것도 그저 다를 뿐이죠.
나의 성향의 장단점을 정리해 보고, 나의 성향의 고유한 빛깔을 이해해 보는 건 어떨까요?

내향형의 특징	외향형의 특징
심리적인 에너지가 자신의 내부로 흐르는 성향을 뜻합니다. 자기 자신, 마음속의 생각에 관심이 많아요. 그래서 사색적이고 조용한 느낌을 주죠. 겉으로 성격의 특징이 쉽게 드러나지 않지만, 내면에는 깊고, 풍부한 생각과 개성이 가득하답니다.	심리적인 에너지가 자신의 외부로 흐르는 성향을 뜻합니다. 외부의 환경과 타인에게 관심이 많아요. 그래서 환경과 타인에게 먼저 다가가고 행동적이고 표현적이죠. 겉으로 자신의 생각과 개성이 잘 드러난답니다.
*자신이 편안하게 느끼는 공간, 친밀한 사람과 있을 때 편안함을 느낀다. *자신의 마음, 생각에 관심이 많다 *때로는 혼자 있는 시간을 통해 기운을 회복한다. *소수의 친구와 친밀한 관계를 맺는다. *단짝을 오랫동안 사귀는 편이다. *글을 통한 간접적인 대화 방식이 편안하다. *조용하고 신중하다. *새로운 환경에 적응하는 데 시간이 걸리는 편이지만, 적응하면 편안하게 자신의 개성이 드러난다. *배려심 있고 사려 깊다.	*친구를 만나고 함께 활동할 때 기운이 난다. *주변 환경, 타인에게 관심이 많다. *다양한 활동, 사람과의 관계를 통해 기운을 회복한다. *다양한 친구와 폭넓은 관계를 맺는다. *단짝보다는 많은 친구를 두루두루 사귄다. *말을 통한 직접적인 대화 방식이 편안하다. *생동감 있고 활동적이다. *새로운 환경에 빨리 적응하는 편이고, 자신의 개성이 쉽게 드러나는 편이다. *능동적이고 행동적이다.

나의 성향에 대해 생각해 보기

나의 성향 결과	내향 (　), 외향(　)
내가 느끼는 내 성향의 장점은?	
내가 느끼는 내 성향의 아쉬운 점은?	
반대 성향의 장점은?	
반대 성향의 아쉬운 점은?	

주변 사람들의 성향을 생각해 보기

가족, 친구 주변 사람을 떠올려 보세요. 내가 아는 사람은 어떤 성향에 가까운가요? 그리고 주변 사람을 이해해 보는 시간을 가져 봐요. 주변 사람의 모습 속에서 나의 모습을 발견할 수도 있어요.

내향형	외향형
주변 가족, 친구 중에 누가 떠오르나요?	주변 가족, 친구 중에 누가 떠오르나요?
위 사람에게 불편하게 느껴지는 특징을 써 봐요.	위 사람에게 불편하게 느껴지는 특징을 써 봐요.
위 사람에게 좋게 느껴지는 특징을 써 봐요.	위 사람에게 좋게 느껴지는 특징을 써 봐요.

소심함 주머니 채우기

내향적 성향이든 외향적 성향이든 누구에게나 소심함은 있죠? 소심함이라면, '많이 걱정하는 마음'이라고 할 수 있겠어요. 우리 마음속 소심함 주머니에는 어떤 이야기가 있는지 한번 써 볼까요?

(예시)

소심함 1.

발표할 때 얼굴이 자꾸 빨개져서 창피해요.

*왜냐하면,

얼굴이 빨개지면 애들이 다 제가 떨고 있다는 걸 알게 되니까요.

*내가 원하는 건,

발표를 잘하는 거예요.

*나의 소심함1(발표할 때 얼굴이 빨개지는 것)이 사라지는 것보다 중요한 것은 무엇일까요?

발표 내용을 잘 전달하는 것, 발표를 끝까지 마무리하는 것, 떨려도 차근차근 말하는 것

*어떻게 할 수 있을까요?

떨려서 발표 내용이 기억나지 않을 때를 대비해서 요약된 메모를 미리 준비합니다.

소심함 1.

*왜냐하면,

*내가 원하는 건,

*나의 소심함이 사라지는 것보다 중요한 것은 무엇일까요?

*어떻게 할 수 있을까요?

소심함 2.

*왜냐하면,

*내가 원하는 건,

*나의 소심함이 사라지는 것보다 중요한 것은 무엇일까요?

*어떻게 할 수 있을까요?

소심함 3.

*왜냐하면,

*내가 원하는 건,

*나의 소심함이 사라지는 것보다 중요한 것은 무엇일까요?

*어떻게 할 수 있을까요?

마음 진정 주문

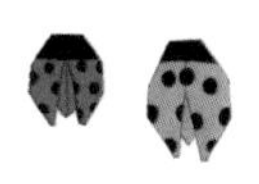

'소심함 주머니' 속에 어떤 이야기가 채워졌나요? 나의 많이 걱정하는 마음을 진정시켜 줄 주문을 만들어 봐요. '마음 진정'은 자신을 달래는 것을 뜻해요. 아이가 불안해서 울 때를 떠올려 보세요. 엄마가 아이를 토닥토닥 손으로 두드리며 부드러운 목소리로 달래는 모습처럼 불안한 자신의 마음을 스스로 달래 주는 거죠.
방법은 간단해요. 거울 속 자신을 보며 주문을 말해 봐도 좋아요. 스스로 몸을 토닥토닥 두드리며 혼잣말로 속삭여 줘도 좋아요. 동화 속 주인공처럼 말이죠. 마음 진정 주문을 속삭이며 소심함을 있는 그대로 따뜻하게 바라봐 주세요. 그러면 소심함을 걱정하는 마음에서 더욱 자유로워지는 자신을 발견할 수 있어요.

(예시)

"괜찮아, 괜찮아,

얼굴 빨개져도 괜찮아. 소심한 게 어때서."

왜냐하면,

발표할 때 긴장되는 건 자연스러운 일이니까. 얼굴이 안 빨개지는 것보다

내용을 정확히 전달하는 게 더 중요한 일이잖아.

1

"괜찮아, 괜찮아,

"

왜냐하면,

2

"괜찮아, 괜찮아,

"

왜냐하면,

3

"괜찮아, 괜찮아,

"

왜냐하면,

4

"괜찮아, 괜찮아,

"

왜냐하면,

나의 마음 진정 목록

나만의 소심함을 달래는 목록을 만들어 볼까요? 동화 속 주인공 서우의 리스트를 읽어 보고, 나에게 어떤 것이 있는지 한번 떠올려 보세요. 그리고 잘 기억해 두었다가, 마음이 불안할 때 꼭 잘 활용해 보세요.

(예시)

*서우의 마음 진정 목록

1. "괜찮아, 괜찮아 얼굴 빨개져도 괜찮아." 주문을 외운다.
2. 좋아하는 종이접기를 한다.
3. 이어폰으로 좋아하는 음악을 듣는다.
4. 할아버지에게 편지를 쓴다.
5. 편지함을 열어 그동안 받았던 편지들을 읽어 본다.
6. 단짝 채윤, 나연이와 대화한다.
7. 좋았던 기억(종이접기를 친구들에게 가르쳐 주었을 때 친구들이 재미있어 한 일)을 떠올린다.

*나만의 마음 진정 목록

1. ______
2. ______
3. ______
4. ______
5. ______
6. ______
7. ______
8. ______